AF189488

Impressum

Alle Rechte am Werk liegen beim Autor
J., Jaliah
Da Silva - Herbstblatt
Berlin, Januar 2020
Erstauflage
Lektorat: Günter Bast, Fabienne Ruczinski, Nalan
Cover/Bildgestaltung: Wolkenart – Marie Katharina Wölk
© 2020 Jaliah J.
Herstellung und Verlag: BoD – Books on Demand, Norderstedt.
ISBN 978-3-7504-2987-1

www.jaliahj.de

Herbstblatt

Da Silva-Reihe

Nicky

von

Jaliah J.

Kapitel 1

»Herzlichen Glückwunsch, ich freue mich wahnsinnig für dich. Man sagt, das erste Jahr ist das schwerste und du hast das fantastisch gemeistert.«

Sophie nimmt den nächsten Blumenstrauß entgegen und umarmt dankbar Luisa, die im Laden nebenan Kuchen verkauft und ihr auch heute Abend geholfen hat. Sie hat ein leckeres Kuchenbuffet kreiert.

»Danke, und auch vielen Dank für all deine Hilfe dieses Jahr. Sieh dir die neue Kollektion an, wir haben sie heute erst aufgehängt, und das Kleid, was ich trage, ist auch davon. Such dir gerne etwas aus.« Luisa sieht an Sophie herunter und hebt die Augenbrauen. »Das tue ich. Du siehst traumhaft aus. Ich sehe mich gleich mal um.«

Sophie lächelt und nimmt noch einen Schluck von dem Champagner, den alle ihre Gäste heute gleich am Eingang bekommen. Sie sieht in den Spiegel und überprüft, ob noch alles stimmt. Das neue Kleid ist eines der sexiesten, die sie in ihrer Strandboutique anbieten. Es ist, wie vieles hier im Laden, weiß, gehäkelt und aus weichem Stoff. Es geht Sophie bis zu den Knien und hat feine Träger. Wie meistens trägt sie ihre hellblonden Locken offen, sie sind viel zu schwer zu bändigen und sie hat ihre blauen Augen noch etwas mehr betont als sonst.

Zufrieden sieht sie sich weiter um.

Heute ist ihr kleiner Laden ein Jahr alt. Es war verrückt, viele haben ihr gesagt, dass es ein zu großes Risiko ist, eine weitere Strandboutique aufzumachen, hier am Strand von Puerto Rico, so weit weg von Padanaram Village, Massachusetts, der kleinen Stadt, in der sie bis vor einem Jahr noch gelebt hat.

Sie war immer die vernünftige Tochter von Jim und Catherine Parker. Sie hatte eine glückliche Kindheit. Ihr Vater war der Inhaber einer Produktionsfirma für Landwirtschaftsgeräte, ihre Mutter zu Hause. Shay, Sophies ältere Schwester und sie sind in Padanaram Village zur Highschool gegangen. Sie haben nie Ärger gemacht, doch sie beide hatten immer den Traum, herauszukommen, die Welt zu entdecken und irgendwo am Strand zu leben, eine Boutique oder ein kleines Café zu eröffnen und glücklich zu werden.

Ihre Eltern haben ihre Pläne nur belächelt. Ihr Vater hat ihnen schon Stellen in seiner Firma eingeräumt, doch für sie beide war absolut klar, dass sie sich diesen Traum eines Tages erfüllen wollen, wenn auch nur für einige Jahre.

Shay ist nach der Highschool auf das College in Massachusetts gegangen. Da es nicht so weit von ihrem Elternhaus entfernt ist, ist sie erst noch bei ihnen geblieben, hat aber schon begonnen, sich nach einer Bleibe in der Nähe des Campus umzusehen. Dann ist auch Sophie aufs College gekommen und sie haben versucht, zusammen eine Wohnung zu finden und dann anzufangen, ihre Träume zu verwirklichen und für einige Jahre ihre Gegend zu verlassen.

Rückblickend kann Sophie noch immer nicht richtig verkraften, dass nur wenige Minuten all das beendet haben, eine Sekunde über Tod und Leben entschieden und sie alle aus ihrem normalen Alltag gerissen hat.

Es waren nur wenige Minuten.

Shay, ihr Freund, und ihre beste Freundin und deren Freund waren auf dem Rückweg von einer Party. Sie hatten einen Autounfall. Ein anderes Auto hat sie gestreift und von der Fahrbahn abgebracht und sie sind eine Böschung hinunter und gegen einen Baum gekracht. Alle vier waren sofort tot, der Aufprall war viel zu stark.

Jedes Mal wenn Sophie daran denkt, wird alles schwarz in ihren Gedanken, denn genau das ist passiert. Alles um sie herum wurde schwarz und das für eine ganz lange Zeit.

Sie weiß noch, wie ihre Mutter zusammengebrochen ist, als mitten in der Nacht der Sheriff zu ihnen gekommen ist; nicht nur ihr eigenes Herz ist in diesem Moment gebrochen, es hat sie umgebracht zu sehen, wie ihre Eltern gelitten haben. Und nicht nur sie. Sie sind eine kleine Stadt, alle kennen sich und sie haben vier Menschen gleichzeitig beerdigt, die von ihren Familien und der ganzen Stadt betrauert wurden.

Lange Zeit waren sie alle unfähig, weiterzumachen. Jeder Tag war ein Kampf, doch irgendwann mussten sie weiterleben. Ihr Vater hat alles darangesetzt, zusammen mit den anderen die ganze Wahrheit ans Licht zu bringen. Der Unfallverursacher hat behauptet, die Jugendlichen wären sichtlich angetrunken Auto gefahren und selbst von der Fahrbahn abgekommen, doch Blutuntersuchungen haben dann gezeigt, dass keiner von ihnen zu viel getrunken hatte, und letztlich ist herausgekommen, dass der Mann einfach viel zu schnell unterwegs war.

Bis das alles geklärt war, ist viel Zeit vergangen, doch es hat ihnen nicht die Erlösung gebracht, die sie sich vielleicht alle erhofft hatten. Ihre Mutter hat begonnen weiterzumachen, doch sie ist jeden Morgen an Shays Grab und jeden Abend vor dem Schlafen in ihrem Zimmer. Auch ihr Vater hat sich irgendwann wieder in die Arbeit gestürzt und so seine Ablenkung gefunden, doch für Sophie hat das alles nicht funktioniert.

Sie ist aufs College gegangen und hat versucht, sich abzulenken, doch sie hatte immer das Gefühl, einen zu engen Schal um den Hals gebunden zu haben. Am ersten Todestag von Shay haben ihre Mutter und sie beschlossen, ein paar alte Sachen von ihr zu spenden. Sie wussten, dass Shay das so gewollt hätte. Nichts Wichtiges, nichts, woran sie zu sehr hängen, doch einige Kleidungsstücke aus ihrem großen Kleiderschrank und alte Spielsachen, die sie noch von früher hatten.

Beim Ausmisten haben sie viel geweint, aber auch gelacht, und vielleicht war das nach all der Zeit der erste Lichtblick. Sie haben dort auch Unterlagen für ihre Pläne gefunden. Shay hat ihre Pläne viel ernster als Sophie genommen und hatte sich schon vier Läden herausgesucht. Es war einer auf Hawaii, eine Strandbar, die zum Verkauf stand und zwei Boutiquen in Mexiko. Es gab noch einen Strandladen in Puerto Rico und sie hatte zu allen Ländern schon Listen erstellt und Bilder zusammengetragen, was besser zu ihnen passen würde.

Ihr Vater ist dazugekommen und sie haben sich all diese Sachen angesehen. Vielleicht haben ihre Eltern da das erste Mal realisiert, wie ernst sie beide es gemeint haben. Sophie hat die Unterlagen mit in ihr Zimmer genommen und nachts davon geträumt, wie viele Stunden Shay und sie im Zimmer auf ihrem Bett lagen und darüber gesprochen haben, jeden Tag mit Palmen vor dem Fenster aufzuwachen.

Mitten in der Nacht hat Sophie dann im Internet nach den Läden gesucht. Zwei waren bereits vermietet, einen gab es nicht mehr, nur der Laden in Puerto Rico war noch zu haben. Über dem Laden gibt es sogar eine kleine Wohnung und er liegt direkt am Meer. Es ist alles, was sie sich vorgestellt haben.

Sophie hat sich lange mit Nelly, der Inhaberin einer Boutique in ihrer Stadt, unterhalten. Alle lieben Nellys Boutique, sie ist gemütlich und hat immer die schönsten Kleidungsstücke, aber auch gleiche Home-Accessoires. Sie hat ihr von alldem erzählt und Nelly hat ihr ihre Großhändler gezeigt und auch, dass sie in alle Länder exportieren.

Nach und nach hat sich der Schal um Sophies Hals gelockert und während der nächsten Tage konnte sie nur noch an ihren Traum und diesen kleinen Laden in Puerto Rico denken. Ohne ihre Eltern zu fragen hat sie für sie drei Tickets gekauft und hat für vier Tage ein Hotel in der Nähe des Ladens gemietet. Ihre Eltern waren überrascht, doch weil sie wussten, wie viel es Shay bedeutet hat, sind sie zusammen hingeflogen.

Es war Liebe auf den ersten Blick, mit dem Land und mit allem anderen. Am vierten Tag saßen sie zusammen am Strand und haben sich den Sonnenuntergang angesehen, dabei hat Sophie ihren Eltern gesagt, dass sie es probieren möchte, wenn auch nur für einige Jahre, doch sie braucht diese Veränderung, um wieder richtig atmen zu können.

Nun steht sie in ihrem Laden dem 'Shay', der seit einem Jahr von Tag zu Tag besser läuft. Sie hat sogar schon zwei Mitarbeiterinnen und hat ihr Sortiment immer wieder erweitert. Die Leute lieben die Atomsphäre, die sie hier mit den weißen Wänden, den Holzverzierungen, der altmodischen Theke und den verschnörkelten hellen Möbeln und Regalen geschaffen hat. Neben Kleidung haben sie nun auch Kissen, Dekorationsartikel und auch zwei, drei Regale und Stühle, die man hier kaufen kann.

Das Wichtigste aber ist, dass sich ihre Kunden oder jeder, der den Laden betritt, wohlfühlt, und das tun sie. Sophie hat es nicht einen Tag bereut, ihren Universitätsplatz ruhen zu lassen und sich hier ihren Traum zu erfüllen und sie hat den Mietvertrag für ein weiteres Jahr unterschrieben, was dann kommt, weiß sie noch nicht, doch hier und jetzt ist sie sehr glücklich.

Auch das Leben in Puerto Rico mag sie. Sie hat einige Freunde hier gefunden; als sie hergezogen ist, konnte sie nur ihr brüchiges Schulspanisch, jetzt beherrscht sie die Sprache schon relativ gut. Sie hat sich über dem Laden ihre kleine Wohnung eingerichtet und erkundet an ihren freien Tagen Puerto Rico und auch die Nachbarländer. Sie lebt ihr Leben. Wenn die Läden schließen, sitzen Luisa wie auch andere Inhaber von Geschäften oft noch zusammen am Strand und lassen den Tag gemeinsam ausklingen. Sie verbringt manchmal ihre Mittagszeit, in der die Läden geschlossen sind, am Strand oder geht mit Freunden etwas essen. Sie hat nicht solche festen Freunde wie in Massachusetts, doch viele gute Bekannte, die ihr den Alltag hier versüßen.

Ihre Eltern hat sie gerade erst gesehen, am zweiten Todestag von Shay. Sie ist nach Hause geflogen, und da ihr Vater in knapp drei Wochen sechzig wird, sehen sie sich bald wieder, sodass sie zu der

Feier heute nicht extra hergeflogen sind, doch sie kommen immer mal her und unterstützen Sophie auch weiterhin.

Sie läuft durch den Laden, ihre Mitarbeiterinnen schenken Getränke aus, die Leute sehen sich ihre Kleider und alles andere an. Diese Feier ist ein kleines Dankeschön an ihre Freunde, Geschäftsnachbarn und Stammkunden, und der Laden sowie die geschmückte Veranda vor dem Laden sind voll.

»Sophie, alles Gute, ich wünsche dir weiterhin viel Glück. Ich habe dir ein Duftset zusammengestellt, das du bei der Klimaanlage befestigen kannst und das dann durch den ganzen Raum strömt.« Marina, aus dem Laden am Ende der Promenade, umarmt sie. »Danke, das werde ich morgen gleich austesten.«

Jemand berührt sie an ihrer Taille, Sophie dreht sich um und sieht auf Antoni, der einen großen Strauß Rosen in der Hand hält, die er ihr überreicht. »Herzlichen Glückwunsch. Ich gratuliere dir und ich hoffe, du freust dich über mein Geschenk.«

Antoni, er ist mittlerweile ein guter Freund geworden. Als Lieferant von Lebensmitteln ist er oft auf der Promenade unterwegs und kennt alle Ladeninhaber und so haben auch sie sich angefreundet. Er kommt alle paar Tage vorbei und Sophie weiß auch, dass er sich mehr erhofft, wenn er Zeit bei ihr im Laden verbringt, doch Sophie hat momentan kein Interesse an einer Beziehung oder dergleichen und hat ihm das auch schon mehrmals versucht klarzumachen. Doch der große Mann mit den hellbraunen Locken und dem immer sportlichen Look scheint das nicht ganz verstehen zu wollen, und er ist auch viel zu lieb, als dass Sophie ihm das allzu deutlich klar machen möchte. Sie hofft einfach auf die Zeit, die ihm zeigen wird, dass außer Freundschaft nicht viel zwischen ihnen sein wird.

Er tritt zur Seite und deutet auf zwei Männer, die hinter ihm stehen und sich gerade zwei Gläser Champagner nehmen.

Verwundert sieht sie von den beiden Männern zu Antoni, ihr Geschenk? Die zwei fallen hier sofort auf. Sie sind beide sehr durchtrainiert, einer trägt eine Glatze mit einer Tätowierung darauf, der andere kurze schwarze Haare, beide haben eine dunklere Hautfarbe als sie. Ihre Arme sind voller Tattoos, man spürt sofort, dass die zwei Männer gefährlich sind.

»Sophie, das sind Nicky und Sergio, sie gehören zu den Da Silvas, ich habe dir doch davon erzählt. Ich habe mich für dich darum gekümmert, dass dein Laden ab sofort auch unter ihrem Schutz steht.«

Natürlich, sie hatten erst vor einigen Tagen darüber gesprochen.

Hier in Puerto Rico ist es leider so, dass die Läden öfter überfallen werden, oft auch am helllichten Tag und Sophie ist es jetzt schon zweimal passiert, dass sie abends in ihre Wohnung wollte und gemerkt hat, dass jemand probiert hat, in den Laden zu kommen. Sie kann nur froh sein, dass ihr Vater solch ein gutes Schloss eingebaut hat, doch die meisten Ladenbesitzer nehmen inzwischen die Hilfe der Da Silvas in Anspruch.

Seit einigen Tagen sollen auch irgendwelche Männer herumlaufen und Geld von den Ladenbesitzern verlangen, die noch keine Familia für ihren Schutz bezahlt haben und Geld einfordern, damit man unter ihrem Schutz steht. Doch wirklich sicher kann man nur mit den Da Silvas sein. Zumindest sagen das alle, die hier schon lange Geschäfte haben oder sich in diesen Sachen auskennen. Die Da Silvas sind eine Familia. Sophie hat nicht so ganz genau verstanden, was das alles bedeutet, doch sie stellt sich das in etwa wie eine Sicherheitsfirma vor.

Die beiden Männer reichen ihr die Hand. »Einen schönen Laden hast du hier. Wir haben gehört, dass es bereits Probleme gab und dein Freund denkt, wir könnten dir da helfen.« Die beiden Männer haben große Hände, und auch wenn Sophie beruhigt sein sollte, dass sie bei ihr schon solch einen beängstigenden Eindruck hinterlassen und es dann sicher bei allen Einbrechern tun werden, weiß sie nicht genau, was sie sagen soll.

»Ja, die gab es tatsächlich und ich habe auch schon gehört, dass euer Schutz sehr erfolgreich sein soll.« Jemand ruft Antoni und er entschuldigt sich einen Moment, während der Mann mit der Glatze einen Anruf bekommt und annimmt. Nun steht Sophie nur noch mit dem anderen Mann auf der Terrasse.

Obwohl er furchteinflößend wirkt, ist er ein sehr hübscher Mann. Neben seinem großen durchtrainierten Körper fallen ihr seine markanten und schönen Gesichtszüge auf. Er hat einen Dreitagebart und sehr weiche samtige, dunkle Augen, die sie leicht amüsiert anblicken. Es deuten sich tiefe Grübchen auf seinen Wangen ab, wenn er lacht, was im starken Kontrast zu seinem sonstigen Auftreten sehr sympathisch wirkt.

»Das ist es. Wenn wir uns darum kümmern, brauchst du dir keine Gedanken mehr zu machen. Antoni meinte, du wohnst auch in dem Laden?« Es fühlt sich merkwürdig an, dass der Mann, Nicky, sie gleich duzt, sie kennen sich nicht; auch wenn sie erst 22 ist, ist sie es doch so gewohnt, erst einmal etwas förmlicher zu sein. »Ja, oben drüber ist eine kleine Wohnung.« Dieser Nicky sieht in den Laden und nickt. »Das sollte kein Problem sein, wenn wir uns darum kümmern, könntest du auch ohne abzuschließen schlafen, dann brauchst du dir keine Sorgen mehr zu machen.«

Das wäre gut und dass die Männer der Da Silvas Eindruck hinterlassen, davon kann sie sich gerade selbst überzeugen. »Und wie genau funktioniert das alles? Wie wissen die Leute, dass dieser Laden unter eurem Schutz steht?« Der andere Mann kommt wieder und sagt etwas zu Nicky. »Eigentlich würde ich mir den Laden nochmal ansehen und all das mit dir besprechen, doch wir müssen los und hier ist heute eh zu viel los. Herzlichen Glückwunsch noch mal ...«

Er greift in seine Hosentasche und zieht eine Karte heraus, die er ihr in die Hand gibt. Als sich dabei ihre Finger berühren, blickt sie einen Moment in seine sanften Augen und er lächelt. »Ich komme die Tage noch einmal vorbei und wir besprechen alles genau, sollte davor etwas sein, ruf an. Grüß noch einmal deinen Freund.«

Sophie ist ganz verwirrt und räuspert sich. »Er ist nicht mein Freund.« Nun hebt Nicky seine Augenbrauen und der andere Mann hebt seine Hand, um sich zu verabschieden. »Bist du dir sicher? Er hat uns schon für ein Jahr bezahlt, das ist mehr als eine freundschaftliche Geste, aber gut … wir sehen uns dann.«

Sophie atmet durch, als die beiden Männer die Terrasse verlassen und zu einem teuren silbernen Auto laufen. Sophie sieht, wie alle die zwei respektvoll betrachten und ihnen Platz machen, dann wendet sie sich um, wo Antoni ihr im Gespräch mit Luisa vertieft trotzdem zuzwinkert.

Diesen Schutz sollte sie unbedingt annehmen, auch ihr Vater hat sie schon gebeten, sich um mehr Sicherheit zu kümmern, doch sie möchte bei niemandem in der Schuld stehen, deswegen geht sie die Treppen hinab und läuft den Männern hinterher.

»Entschuldigung, ich habe noch eine Frage …«

Dieser Nicky bleibt stehen; als sie sich vor ihn stellt, ist er genau einen Kopf größer und sieht sie mit einem interessierten Ausdruck im Gesicht an.

»Ich würde … ich mag es nicht, jemandem etwas schuldig zu sein. Ich bin Antoni sehr dankbar für die Idee, doch könnte ich erfahren, wie viel es mich kosten würde, wenn ich alleine für dieses Jahr aufkommen würde?«

Einen Moment sieht Nicky ihr in die Augen, dann bildet sich ein hübsches Lächeln auf den Lippen und seine Grübchen zeigen sich ganz.

»Das können wir auch gerne so machen, wie gesagt, ich komme die Tage vorbei, dann klären wir das alles.«

Sie nickt und er lächelt noch einmal und steigt dann zusammen mit dem anderen Mann ins Auto.

Wenn das in Puerto Rico dazugehört, um sicher zu sein, wird Sophie auch das tun, um sich ihren Traum nicht zerstören zu lassen.

Kapitel 2

»Okay, das geht aber nur, wenn du hier hinten Platz schaffst.« Juan deutet auf die Kleiderstangen mit den neuesten Kleidern und Oberteilen. »Eigentlich hatte ich gedacht, dass ich das kleine Lager umbaue, sodass man es mitnutzen kann.«

Sie gehen zu dem kleinen Lagerraum, der noch durch einen Vorhang vom Rest des Ladens abgetrennt ist. Hier lagert Sophie die neuesten Klamotten und Dinge, die nicht mehr vorne in den Laden passen. »Somit hättest du genug Platz für die neuen Dekorationsartikel. Ich könnte dir hier zwei Regale einbauen, die mit einer Kleiderstange verbunden sind.«

Sophie sieht zu den Wänden. »Ich werde sie am Wochenende streichen, dann kannst du nächste Woche schon die Regale einbauen. Die neue Ware kommt in einigen Tagen.«

Juan hat seinen Kaffee ausgetrunken und nickt. »Das mache ich. Ich habe noch einiges von Maria für dich dabei. Wenn ich ihr sage, dass du jetzt noch mehr Dekorationsartikel haben wirst, wird sie dich nächste Woche garantiert besuchen kommen. Wo willst du denn die ganzen Kartons aus dem Lager hintun? Du brauchst doch ein Lager?«

Sophie deutet zu der schmalen Treppe, die in ihre Wohnung führt. »Ich werde erst einmal alles nach oben bringen müssen. Ich brauche den Platz als Verkaufsraum und na ja, ich kenne die Lieferanten mittlerweile recht gut. Sie haben bestimmt kein Problem damit, mir die Sachen nach oben zu bringen.« Er nickt. »Du weißt, dass noch Räume in den Containerreihen frei sind. Das machen viele Händler hier. Die Lagerräume sind bewacht und groß und du kannst dir die Ware immer von den Mitarbeitern bringen lassen. Es ist perfekt für alle Händler und nur ein paar Minuten entfernt.«

Sie laufen langsam vor den Laden, nachdem Juan seine Tasse auf ihren Tresen gestellt hat. Sophie begleitet Juan zu seinem Auto.

Maria und er sind mittlerweile sehr gute Freunde von ihr geworden. Sie betreiben einen Bauernhof etwas abseits von San Juan. Juan verdient sich Geld damit, Regale und andere Dinge anzufertigen und er hat ihrem Vater und ihr damals für einen guten Preis geholfen. Er wurde ihr von Luisa empfohlen und zu ihrer Eröffnungsfeier hat er Maria mitgebracht, die seitdem mindestens alle zwei Wochen bei ihr ist und immer etwas aus ihrem Laden mitnimmt.

Sophie mag die beiden gemütlichen Puertoricaner, sie sind hier so etwas wie ihre Ersatzeltern. Sie fährt immer mal wieder zu ihnen auf den Hof, um abzuschalten.

»Die Lager sind viel zu teuer. Ich kann mir die noch nicht leisten. Jetzt muss ich mich auch noch um die Sicherheit kümmern und muss erstmal abwarten, was sich mit dem dazugewonnenen Verkaufsraum tut, vielleicht dann, solange heißt es einfach öfter Treppen steigen, aber schaden wird das auch nicht.«

Juan lächelt und öffnet seinen Kofferraum. Er reicht ihr den Holzkorb von Maria, gefüllt mit frischem Gemüse, Eiern, Salat und selbst gebackenem Brot. Die Sachen vom Bauernhof schmecken viel besser als alles, was man hier im Supermarkt bekommt. »Dankeschön, gib Maria einen Kuss und fahr vorsichtig.« Sie küsst Juans weiche Wangen und er nickt. »Wenn du Hilfe brauchst, sag Bescheid. Ich komme nächste Woche.«

Sophie bringt die Sachen schnell in die Wohnung und freut sich schon darauf, sich gleich etwas Leckeres zum Mittag zu machen, wenn die Mittagspause beginnt. Die Läden schließen hier von 13-16 Uhr und haben dann abends länger geöffnet. Sie geht nach unten und noch einmal kommt ein Schwung von Leuten in den Laden, die vom Strand kommen; sie verkauft zwei Kleider und Ohrringe, und kurz bevor sie zur Mittagspause abschließen will, kommen zwei Männer in den Laden.

»Hallo, wir sind hier wegen der Schutzgelder. Sie werden sicher schon mitbekommen haben, dass wir die jetzt hier am Strand einsammeln.«

Sophie sieht die Männer unsicher an. Sie hatte die letzte Woche darauf gewartet, dass dieser Mann, so wie angekündigt, vorbeikommt, doch er kam nicht. Diese Männer hier sehen ganz anders aus als die Männer, die hier waren. Sie sehen auch düster aus, doch irgendwie noch wilder. Ihre Tätowierungen sind überall im Gesicht und sie haben nicht diese gefährliche Eleganz wie die beiden Männer, die sie hier im Laden getroffen hat.

»Kommen Sie ... von … Nicky?« Sie hat den Namen fast vergessen, sie hatte schon gar nicht mehr damit gerechnet, dass sich die Da Silvas noch melden. Wahrscheinlich hätte sie nicht erwähnen sollen, dass sie die Rechnung dafür doch selbst bezahlt. Sie wird Antoni noch einmal darauf ansprechen, sie hat ihn seit zwei Tagen nicht gesehen, er hatte keine Liefertermine hier.

Die Männer sehen sich an und lachen kurz auf. »Ja, sicherlich doch. Also das macht 500 Dollar, ab jetzt kommen wir immer zum ersten des Monats und sammeln das Geld ein.« Ein ungutes Gefühl macht sich bei Sophie im Magen breit und sie ist dankbar, dass ihre letzte Kundin sie zu sich an die Umkleidekabine ruft. »Einen Moment, ich muss mich darum kümmern. Sie können sich solange einen Muffin nehmen. Ich bin sofort wieder da.« Die Männer nicken nur und nehmen sich zwei Muffins. Einer der Männer telefoniert.

Die Kundin möchte das Kleid noch eine Nummer größer. Während sie nach hinten ins Lager geht, nimmt sie ihr Handy heraus, sie hatte sich Nickys Nummer schon eingespeichert und wählt sie jetzt. Auch wenn es gut sein kann, dass diese Männer von Nicky kommen, fragt sie lieber noch einmal nach. 500 Dollar? Sie hat mit viel Geld gerechnet, doch nicht mit so viel und das könnte sich auch Antoni nicht leisten, irgendetwas stimmt hier nicht.

Es klingelt zweimal und eine raue Männerstimme nimmt ab.

»Hallo?«

»Hallo … Nicky? Hier ist Sophie aus dem Laden 'Shay' vom Strand. Ich hatte eigentlich damit gerechnet, dass Sie letzte Woche noch einmal vorbeikommen, doch es kam niemand und jetzt stehen hier zwei Männer und wollen das Geld einsammeln, ist das richtig?«

Einen Moment ist es ruhig, dann scheint sich Nicky zu erinnern. »Stimmt. Wir waren letzte Woche da, es ist etwas dazwischengekommen. Doch ich habe keine Männer geschickt. Egal wer da bei dir im Laden ist, die kommen nicht von uns.«

Sophie wusste es, ihr Herz schlägt schneller. Sie hat das Kleid bereits in der Hand und muss wieder nach vorne. »Ohhh.« Die Männer sehen nicht so aus, als würden sie einfach wieder gehen.

»Mir ist zu Ohren gekommen, dass sich in letzter Zeit ein paar Leute in den Geschäften bereichern. Ich würde mir die beiden gerne mal ansehen. Meinst du, du schaffst es, die etwas hinzuhalten. Ich bin in der Nähe des Strandes und in fünf Minuten da.« Sophie sieht durch einen Spalt nach draußen. Die Männer haben die Muffins schon verschlungen und sehen nun genervt in ihre Richtung.

»Ich weiß nicht. Die sehen ziemlich gefährlich aus.« Nicky lacht leise auf und Sophie sieht verärgert auf ihr Handy. Sie findet das überhaupt nicht lustig. Ihr Herz schlägt ihr bis zum Hals. »Ich bin gleich da. Sag, du hast nicht genug in der Kasse, deine Mitarbeiterin kommt aber gleich und sie hat den Schlüssel zum Tresor. Wenn sie das hören, warten die, vertrau mir. Bis gleich.«

Sophie sieht auf ihr Handy und atmet tief ein. Okay, einfach einen klaren Kopf behalten.

»Da, ich habe noch eins gefunden. Das ist aber ein Glück, es ist wirklich das allerletzte.« Den roten Kopf, so als hätte sie mühevoll in Kisten gekramt, hat sie durch die Aufregung eh. Sie lässt sich Zeit, der Frau das Kleid zu geben und geht dann nach vorn zu den Männern.

»Wir haben nicht den ganzen Tag Zeit.« Sie sehen sehr genervt zu ihr und Sophie versucht, so gelassen und freundlich wie es nur geht zu wirken. »Tut mir leid, doch ich muss ja das Geld auch verdienen. So, ich sehe mal nach, ob ich überhaupt so viel in der Kasse habe. Ich denke aber nicht. Das macht aber nichts. Meine Mitarbeiterin kommt gleich und sie hat den Schlüssel für den Tresor hinten und dann kann ich vielleicht sogar gleich für zwei Monate bezahlen, das wäre doch besser, oder?«

Nun grinsen die Männer wieder. »Natürlich, das wäre viel besser. Gehört dir der Laden? Du bist noch sehr jung, woher kommst du?« Der Mann, der die ganze Zeit mit ihr gesprochen hat, sieht ihr ziemlich offensichtlich ins Dekolleté. Sophie trägt heute einen knielangen engen Rock und ein weißes Shirt mit Knöpfen am Dekolleté, von denen nicht alle zu sind. Sie lächelt, auch wenn sie es gar nicht ausstehen kann, dass jemand sie derart plump anmacht, doch mit diesen Männern sollte sie jetzt keine Diskussion darüber führen, wie man sich einer Frau anständig nähert und sie muss versuchen, sie aufzuhalten.

»Ich bin 22 und ich komme nicht von hier. Sehr gut erkannt.« Die Kundin kommt nach vorne und legt ihre Sachen ab. Die Männer rücken ein Stück zur Seite, der eine flüstert dem anderen etwas ins Ohr und Sophie kaut nervös auf ihrer Unterlippe. Wenn sie jetzt sehen, was in der Kasse ist, werden sie erkennen, dass ausreichend Geld vorhanden ist, um sie zu bezahlen. Der Vormittag ist gut gelaufen, auch diese Kundin kauft insgesamt drei Kleider und ein paar Flipflops. Sie packt die Sachen erst einmal sehr ordentlich ein und genau in diesem Moment geht die Ladentür auf und Nicky kommt herein. Sophie atmet erleichtert aus.

Sie hätte diesen Mann auf der Straße immer wieder erkannt und jetzt, wo er wieder vor ihr steht, wird der Unterschied zu den anderen Männern auch sofort klar. Er wirkt viel mächtiger. Es ist gar nicht das Gefährliche, was all diese Männer auf gewisse Art und Weise ausstrahlen, doch man sieht Nicky auch genau an, dass er die Macht hat. Er zwinkert ihr zu und sieht zu den beiden Männern, die plötzlich ziemlich blass wirken.

»Ihr beide denkt also, ihr könnt hinter unserem Rücken die Läden hier ausnehmen?« Sophie räuspert sich leise und versucht, die Kundin abzulenken. »Wir haben euer Schild nicht gesehen. Sonst wären wir hier nie reingekommen.«

Nicky deutet den beiden Männern, nach draußen zu kommen und tatsächlich gehen die drei hinaus, und Sophies Herzschlag beruhigt sich augenblicklich. Sie versucht vor der Kundin so zu tun, als wäre sie gerade nicht erpresst worden. So etwas spricht sich schnell herum und kann einem kleinen Laden wie dem ihren ganz schnell schaden.

Sie gibt der Kundin einen zehnprozentigen Rabatt und erklärt es mit dem einjährigen Jubiläum; die Aktion galt zwar nur für den Jubiläumstag, doch die Kundin soll andere Erinnerungen als diese beiden Männer von dem Laden haben. Sie bietet ihr noch einen Muffin an und begleitet sie zur Tür. Während sie die Frau verabschiedet, sieht sie sich um, doch es ist nichts mehr von Nicky oder diesen beiden Männern zu sehen. Sie schließt die Tür und damit den Laden ab, dreht das Schild an der Tür auf Geschlossen und lehnt sich gegen die Tür.

Erst jetzt spürt sie, dass sie leicht zittert. Sie schließt die Augen. Vielleicht sollte sie einen großen Bogen um all diese Männer der Familias machen, es muss doch noch einen anderen Weg geben, sich und den Laden zu schützen. Im letzten Jahr hat sie es doch auch einigermaßen hinbekommen.

Genau in dem Moment, als sie die Augen wieder öffnet, klopft es. Sie dreht sich um und blickt direkt in dunkle Augen, die sie etwas abschätzig betrachten. Einen Moment zögert sie, doch dann öffnet sie Nicky die Tür.

»Das wäre geklärt.« Sophie tritt zur Seite und lässt ihn herein, lässt aber das Schild weiter auf Geschlossen. »Irgendwie habe ich mir gedacht, dass sie nicht von Ihnen kommen.« Nicky sieht ihr mit hochgezogenen Augenbrauen ins Gesicht. »Das war sehr mutig und bitte sag du. Es tut mir leid, dass ich mich letzte Woche nicht gemeldet habe, doch wir hatten viel zu tun und ich war in Chile.«

Sie nickt und geht zur Kaffeemaschine. Sie hat wahnsinnigen Hunger, doch sie braucht jetzt unbedingt Koffein, um diesen Schrecken aus ihren Knochen zu vertreiben. »Und die beiden haben also nicht zu eurem … Konzern oder … Firma gehört? Möchtest du einen Kaffee?« Sie bietet auch Nicky einen Muffin an. »Gerne, ich habe noch nicht gefrühstückt. Wir sind keine Firma, wir sind eine Familia und nein, die beiden sind einfach nur zwei kleine Straßendiebe, die werden dich nicht mehr belästigen. Ich habe leider die Aufkleber nicht dabei. Ich war gerade Ware abholen, doch ich bringe sie später noch vorbei, und dann wird dich niemand mehr hier belästigen.«

Sophie hat einiges an Geld in eine gute Kaffeemaschine investiert, sie weiß, dass sich das lohnt und als sie jetzt zwei leckere Latte Macchiato zaubert, weiß sie wieder, für was sie das Geld ausgegeben hat. »Okay, ähmm … ich weiß immer noch nicht, wie das Ganze funktioniert, und vor allem, wie viel das kostet. Die Männer wollten 500 Dollar pro Monat, das kann ich mir nicht leisten und ich möchte auch nicht, dass Antoni für all das aufkommt. Ich mache mich ungerne von jemandem abhängig.« Sie stellt ihm den Latte hin und setzt sich neben ihn. Sie hat zwei hohe Stühle an der Theke stehen, falls mal ein Kunde noch auf einen Kaffee bleibt oder sie hier Papierkram erledigt oder für die wartenden Ehemänner.

Nicky nimmt einen Schluck und Sophie muss lächeln. Auch er wirkt gefährlich, doch trotzdem viel sympathischer als die beiden anderen Männer. »Es ist dreizehn Uhr und du hast noch nicht gefrühstückt?« Er schüttelt den Kopf und lehnt sich ein wenig zurück. »Nein, ich habe verschlafen und musste direkt los. Ich wollte gerade zurückfahren, als dein Anruf kam. Hier ist übrigens der Scheck von deinem … Antoni. Wenn du das nicht möchtest, kannst du es ihm zurückgeben.«

Er zieht einen großen Batzen Scheine aus seiner Tasche, Herrgott, das müssen mehrere Tausend Dollar sein. Dabei sind auch einige Schecks und einen legt er vor ihr auf den Tisch. Als Sophie auf den Betrag blickt, ist das nicht so viel, wie die Männer verlangt haben, doch trotzdem sehr viel Geld. »Das ist viel Geld. Ich weiß nicht, ob ich das auf einmal zahlen kann, wie wird das bei euch geregelt? Kann man das auch halbjährlich zahlen?«

Nicky beobachtet sie ganz entspannt und sieht ihr in die Augen. »Sophie war dein Name, nicht wahr? Ich finde es gut, dass du das selbst übernehmen möchtest. Mir gefällt dein Laden. Es strahlt etwas sehr Gemütliches aus. Wie kommt es, dass du hier bist und was ist deine Idee hinter dem Laden?« Nicky sieht sich im Laden um und Sophie erzählt ihm von sich. Nicht alles, doch die kurze Fassung. Woher sie kommt, von Shay, von ihrer Idee und wie es dann dazu kam, dass sie nun alleine hier ist.

Es ist merkwürdig. Auch wenn es eigentlich keinen wirklichen Grund dafür gibt, dass sie Nicky anders sehen sollte als die Männer, die vorhin da waren, tut sie es. Es ist angenehm, neben ihm zu sitzen und ihm von Shay zu erzählen. Als sie fertig ist, weiß sie, dass sie wieder viel zu viel geredet hat, doch Nicky hört ihr interessiert zu und lächelt. »Wenn du davon sprichst, bekommst du ganz rote Wangen und deine Augen glänzen, und ich denke, genau das spürt man, wenn man in diesen Laden kommt. Man spürt, wie viel Mühe du dir gibst.«

Sophie leert ihr Glas und merkt, dass ihr Magen immer mehr knurrt. »Nun hoffe ich, dass ich das hier noch ein paar Jahre weiter behalten kann und gleichzeitig meine Ruhe vor … solchen Männern wie vorhin habe. Was passiert, wenn ich mir euren Schutz kaufe? Kommen dann Männer vorbei? Habt ihr Sicherheitsanlagen?« Nickys Handy vibriert und er schüttelt den Kopf, während er auf das Handy blickt. »Nein, du bekommst Aufkleber und somit weiß jeder, dass du unter unserem Schutz stehst.

Wenn du diese Aufkleber hast, wagt sich niemand mehr in deinen Laden, der hier nichts verloren hat. Ich muss los, ich bringe dir die Aufkleber nachher vorbei. Es kann etwas spät werden, aber ich denke heute noch daran.«

Er steht auf und Sophie begleitet ihn nach draußen.

»Danke, das ist kein Problem. Ich muss nachher eh noch einiges umstellen und habe zu tun. Wegen dem Finanziellen ...«

Er öffnet die Tür und dreht sich noch einmal um. »Dafür werden wir schon eine Lösung finden … bis später, Sophie.« Sie nickt und sieht zu, wie Nicky zu seinem Auto geht. »Bis später.«

Kapitel 3

Sie schließt die Tür erneut zu. Es ist bereits kurz nach vierzehn Uhr, Nicky war ziemlich lange hier. Sie hat ihm wirklich die gesamte Geschichte des Ladens erzählt. Es ist nicht das erste Mal, dass sie das tut, doch ein Mann wie Nicky wird sicher nicht daran interessiert sein, diese ganzen Details zu seinem neuen Auftrag zu erfahren. Wahrscheinlich hat er sie nur aus Höflichkeit so viel erzählen lassen, und weil es für Sophie eine recht ungewohnte Situation war, mit einem Mann wie Nicky zu sprechen, hat sie gar nicht mehr aufhören können zu reden. Das tut sie immer, wenn sie verlegen oder unsicher ist, sie plappert einfach darauf los.

Sophie geht schnell in ihre Wohnung und brät sich etwas Gemüse an, dazu bereitet sie Reis zu und geht dabei die Post durch. Nachdem sie damit fertig ist, kommt Jen, eine ihrer zwei Aushilfen. Sie übernimmt den Laden und Sophie räumt in der Zeit in ihrer Wohnung eine Ecke für die Kartons aus dem Lager leer.

Die Wohnung über dem Laden ist sehr klein, sie hat hier ein Bad, einen kleinen Wohnraum mit Küche und einen Raum, in den gerade so ein Bett und zwei Kleiderstangen hineinpassen, doch viel mehr braucht sie auch gar nicht. Sie ist zufrieden mit dem was sie hat. Der Wohnraum ist relativ groß. Hier steht eine Couch, zwei Regale, ein Tisch und ein wunderschönes Sideboard. Sie muss die Regale ausräumen und zusammen an eine andere Seite stellen, sodass sie etwas Stauraum gleich am Anfang hat. So erreicht sie schneller die Sachen, wenn unten Kunden sind.

Sophie braucht länger als gedacht, um das alles umzuräumen. Als sie endlich so weit ist und den Platz geschaffen hat, schließt Jen auch schon den Laden zu. Sie gehen noch zusammen die Bestellungen durch, die am nächsten Tag gemacht werden müssen, und dann ist Sophie alleine im Laden.

Sie bindet sich einen Zopf, sie lässt den engen schwarzen Rock an und auch das weiße Top mit V-Ausschnitt, streift sich aber die

Schuhe von den Füßen und beginnt damit, die ersten Kisten aus dem Lager nach oben zu bringen. Sie hat relativ viel im Laden hängen und bestellt auch nie zu große Mengen, da sie immer nur eine geringe Anzahl von vielen verschiedenen Kleidungsstücken anbietet. Trotzdem stapeln sich mindestens zwanzig Kartons im Lager und dazu kommen die nächsten Tage noch mehr.

Wenn die Ecke fertig ist, werden es weniger und Sophie muss mit dem Nachbestellen in Zukunft noch sparsamer sein, einfach aus Platzmangel, doch erst einmal muss sie die Kartons nach oben bekommen. Sie sieht in die Kisten und beschriftet sie, um einen besseren Überblick zu haben.

Im Laden lässt sie leise eine alte CD von Celine Dion laufen. Sie erinnert sie an Shay. Sie haben die CD – vor allem, wenn einer von ihnen Liebeskummer hatte – immer im Auto laufen lassen und laut aufgedreht. Bei 'Think Twice' oder 'Because You Loved Me' haben sie so laut mitgesungen, dass die Scheiben des Wagens zu vibrieren begonnen haben. Auch jetzt summt sie leise mit und trägt die ersten zwei Kisten nach oben. Oder eher schiebt sie sie und hievt sie nach oben.

Sophie hat unterschätzt, wie schwer diese Kisten sind. Als sie die Dritte nach oben gebracht hat, muss sie tief durchatmen. Sie wird das heute niemals schaffen. Sie wollte eigentlich morgen streichen. Einen Moment denkt Sophie sogar daran, schon jetzt aufzuhören, doch nach einem kalten Glas Wasser und nachdem sie sich den Nacken gekühlt hat, geht sie wieder nach unten. Wenigstens die Hälfte will sie schaffen.

Als sie die vierte Kiste, in der glücklicherweise nur relativ leichte Sachen drin sind, nach draußen geschoben hat, klopft es und Sophie zuckt zusammen. Wenn der Laden schließt, löscht sie das Licht auf der Veranda und das Licht im Vorraum des Ladens auch meistens. Wenn die Läden geschlossen sind, geht kaum jemand noch hier entlang. Am Strand sitzen manchmal Paare oder Jugendliche, doch die halten sich von den Läden fern, deswegen achtet sie kaum noch auf draußen, doch in diesem Moment schlägt ihr Herz schneller, bis sie erkennt, dass Nicky vor der Tür steht. Er hatte ja gesagt, dass er noch einmal kommen würde. Sie lässt ihn herein.

Sie bemerkt sofort, dass er sich umgezogen hat. Vorhin hatte er nur eine Sporthorts und ein Shirt an, nun trägt er eine hellblaue verwaschene Jeans und ein weißes langärmeliges Shirt. Er hat die Ärmel leicht hochgekrempelt und hat zwei Plaketten in der Hand. Er ist ein wirklich verdammt hübscher Mann, mit einem durchtrainierten Oberkörper, einer schönen braungebrannten Hautfarbe, als käme er direkt vom Strand, seine dunklen Augen funkeln und er hat auch jetzt wieder ein sehr sexy Lächeln im Gesicht. Der Mann wird zehn Frauen an jeder Hand haben.

»Hallo, das ist nett, dass du wirklich noch vorbeigekommen bist.«

Nickys Blick sieht einmal an ihr auf und ab. Sie muss ein komisches Bild abgeben: barfuß, völlig fertig vom Kistenschleppen und mit der Celine Dion-Musik im Hintergrund, die sie schnell leiser stellt.

»Habe ich doch gesagt. Es tut mir leid, dass es so lange gedauert hat, eigentlich sind wir schneller.« Er sieht sich noch einmal um und dann ihr in die Augen. »Ich verstehe, wieso die Leute deinen Laden so mögen. Man kommt hier rein und hat sofort das Gefühl, in einem kleinen Geschäft in Amerika zu sein. Du weißt schon, wie in diesen Serien, wo man sich bei einem Kaffee und mit einem Buch in der Hand einen neuen Schal aussucht und dann in den Schnee hinaustritt und jedes Mal, wenn man die Tür öffnet, klingelt diese Glocke.«

Sophie muss lachen, sie fühlt sich erwischt und deutet zur Tür. »Die Klingel stelle ich nach Feierabend ab, aber ja … das ist mein Laden … und gut zu wissen, was für Serien du dir ansiehst.« Nun lacht Nicky auf. »Nein, nein, nicht ich. Ich sehe das nur manchmal, wenn Frauen bei mir … was gucken oder so etwas.« Sophie lächelt. »Okay. Aber ja, es ist schön, dass der Laden genau das ausstrahlt, was ich möchte.«

Nicky zeigt ihr die zwei Plaketten, es sind schwarze runde Scheiben mit einem goldenen D darauf, sehr auffällig. »Die kleben wir an deine Tür und du wirst nie wieder Probleme haben.« Nicky geht an die Tür und klebt den ersten Aufkleber darauf. »Ein einfacher Aufkleber löst so viel? Den werden sicherlich einige schon nachgemacht haben.« Er wendet sich wieder zu ihr um. »Dann haben sie ein Problem, das wagt sich niemand.«

Natürlich sieht man Nicky an, dass er mächtig ist, und sie hat auch an den Männern und an seinem ersten Auftreten auf ihrer Feier gemerkt, dass er auch sehr angsteinflößend sein kann. Sie selbst hat das so empfunden, doch jetzt, wenn er so vor ihr steht, wirkt er viel zu sympathisch, um noch sehr angsteinflößend zu sein.

»Hast du einen Hinterausgang?« Sophie deutet nach hinten. Sie bringt ihn an den Kartons vorbei zur Hintertür. Diese ist nicht aus Glas, es ist eine einfache Holztür, doch ihr Vater hat sie verstärkt und ein besonders sicheres Schloss angebracht.

»Habe ich dich bei etwas gestört? Hier hat sich ja jemand richtig Mühe gegeben, dich zu schützen.« Er deutet auf das Schloss. Sophie sieht zu, wie Nicky die Tür öffnet und auch hier die Plakette anbringt. »Nein, ich muss nur mein Lager räumen und die Kartons nach oben bringen, um Platz zu schaffen für mehr Stauraum. Ich möchte den Laden so gut es geht nutzen. Und das an der Tür war mein Vater. Es ist ihm nicht so leichtgefallen, mich hierzulassen, und so hat er wenigstens das Gefühl, ich bin sicher. Würde er von den Männern erfahren, die heute hier waren, würde er wahrscheinlich im nächsten Flugzeug sitzen und herkommen.«

Er schließt die Tür wieder und hebt die Augenbrauen. »Das kann ich verstehen. Ich finde es auch nicht sicher, hier ganz alleine in deinem Laden zu leben, aber jetzt, mit den Plaketten, hast du Sicherheit. Vielleicht beruhigt das deinen Vater etwas. Soll ich dir helfen mit den Kisten?«

Ein wenig überrumpelt sieht Sophie von den Kisten zu Nicky. »Ähmm, nein danke, das brauchst du nicht. Du hilfst mir mit diesen Plaketten schon mehr als genug. Ich habe ausgerechnet, dass ich erst einmal vier Monate bezahlen kann. Ich weiß, man zahlt bei euch für ein Jahr, doch ich muss das Geld für die restlichen Monate erst zusammenbekommen. Hier ist der erste Scheck, und ...«

Sophie hat den Scheck vorhin schon ausgestellt und weiß, dass es viel zu wenig ist.« Nicky sieht sich die Zahl nicht einmal an, er steckt es weg und lächelt. »Sieh das erste Jahr als bezahlt an. Ich mag es, wenn jemand mit so viel Liebe seinen Laden führt. Man kommt hier rein und sieht sich um und erkennt sofort, wie viel dir das bedeutet. Das unterstützen wir gerne.« Er geht zu den Kisten. »Das kann ich nicht annehmen. Ich werde versuchen ….« Mit Leichtigkeit hebt Nicky die Kiste hoch, die sie vorhin so schwer über den Boden gezogen hat.

»Ich habe letztens erst eine Dokumentation darüber gesehen, wie viele Puerto Ricaner versuchen, in Amerika neu anzufangen und was ihnen für Steine in den Weg gelegt werden. Sieh es einfach so: Wir legen keine Steine in den Weg. Wir freuen uns, wenn sich ein paar Amerikaner hierher verlaufen und sich in unser schönes Land verlieben.« Sophie muss lächeln. »Das habe ich auf jeden Fall.«

Nicky deutet nach oben und sieht sie fragend an. Die Tür zu ihrer Wohnung steht offen und sie nickt. »Ja, ich weiß wirklich gar nicht, wie ich dir danken kann. Du hast sicherlich Besseres zu tun, als mir hier zu helfen.« Da ja oben bereits Kisten stehen, wird er wissen, wo er die Kisten abstellen soll und sie holt die nächste Kiste aus dem Lager. Sie hat sie noch nicht einmal richtig aus dem Lager draußen, da ist Nicky schon wieder da und nimmt auch diese Kiste hoch.

»Ich habe wirklich noch einen Termin, aber noch ist etwas Zeit. Bleibst du heute zu Hause? Du musst ja morgen deinen Laden auch aufmachen, oder?« Sophie nickt und wendet sich wieder dem Lager zu, um die nächsten Kartons zu holen. »Ja, meine Aushilfe arbeitet morgen Vormittag zwar, aber ich werde Farbe und all das besorgen, um am Sonntag hier zu streichen. Wenn der Laden offen ist, kann man oben nicht schlafen.«

Nicky kommt die Treppen herab und Sophie hebt einen leichten Karton an, um ihn selbst hochzubringen. »Das ist sicher ein Nachteil, dafür hast du keinen langen Arbeitsweg und kannst nicht verschlafen.« Sophie lächelt und sieht zufrieden auf den Stapel Kartons, der immer mehr anwächst. Nicky kommt direkt nach ihr und stapelt die nächste Kiste hoch. »Vielleicht solltest du noch einen anderen Platz aussuchen, damit du nicht jedes Mal die Kisten hin- und herschleppen musst, wenn du ranmusst.« Er hat recht. Sophie beschließt, doch noch eine weitere Ecke freizuräumen und ehe sie damit fertig ist, hat Nicky sie auch schon vollgestellt.

Sophie schafft es gerade mal, zwei Kartons zu nehmen, den gesamten Rest bringt Nicky ihr mit Leichtigkeit nach oben. Völlig außer Puste holt Sophie zwei kalte Dosen Limonade aus dem Kühlschrank und reicht Nicky eine, der nicht einmal ein bisschen außer Atem ist. Dafür klingelt sein Handy und er sagt jemandem, dass er gleich kommen wird.

»Ist das deine Familie?« Er deutet auf ein Bild, was auf ihrem Sideboard steht. Es ist einige Wochen vor Shays Tod auf einer Familienfeier aufgenommen worden. Sie sitzen mit ihren Eltern an einem schön gedeckten Tisch und strahlen alle in die Kamera. »Ja, das ist sie. Das ist meine Familie.« Nicky sieht auf das Bild und dann ihr in die Augen. Er ist ein wirklich hübscher Mann und dazu so aufmerksam und freundlich. Sie fragt sich, was er wohl heute noch vorhat, doch sie traut sich auch nicht, ihn das zu fragen. Sie kennen sich ja kaum. Doch ja: Würde sie behaupten, dieser Mann gefällt ihr nicht, würde sie sich selbst etwas vormachen.

»Ihr seht sehr glücklich aus. Ich denke, deine Eltern sind sehr stolz auf dich. Ich muss leider los, doch wenn du noch mal Hilfe brauchst ...«

Sophie lächelt. »Nein nein, du hast mir schon viel zu viel geholfen. Die Plakette, die Kartons ... vielleicht kann ich mich dafür mit einem Abendessen bedanken. Das würde mir zumindest ein wenig das schlechte Gewissen nehmen. Ich könnte etwas kochen ...« Sie begleitet Nicky zur Tür und er grinst sie frech an. Das macht ihn nur noch attraktiver.

»Gerne. Ich fliege aber Montag für einige Tage weg.« Sophie zuckt die Schultern. »Dann Sonntagabend? Wenn du noch nichts vorhast?«

Kapitel 4

»Du hast ein Date?«

Sophie beißt sich auf die Lippen und kann sich ein glückliches Lächeln nicht verkneifen. Luisa tunkt den Pinsel in den Farbeimer und sieht gespannt zu ihr. Es ist Samstagabend und sie haben mit dem Streichen begonnen, nachdem Sophie den Tag über den Lagerraum komplett freigeräumt hat. Nun muss sie nur noch streichen, die Regale werden gebaut und es sieht aus, als wäre das hier immer ein Teil des Ladens gewesen.

Luisa hilft ihr, sie haben Pizza bestellt und streichen die Wand, dabei hören sie das neue Taylor Swift-Album. Sie hat Luisa komplett mit ihrem Musikgeschmack angesteckt, die dunkelhaarige Frau aus Kanada hat früher nur Musik aus Puerto Rico gehört, doch seit Luisa da ist, hat auch sie sich einige neue Alben zugelegt.

»Was heißt ein Date? Ich koche morgen für ihn, als ein kleines Dankeschön. Er hat mir mit den ganzen Kartons geholfen und noch einiges mehr.« Ihre Nachbarin lächelt. »Ich denke, das nennt man ein Date. Ist er Puerto Ricaner? Wie sieht er aus?« Sophie hatte gar nicht vor, jemandem davon zu erzählen, doch sie muss die ganze Zeit an morgen denken, sie ist richtig aufgeregt.

»Ja, ist er. Er heißt Nicky und er ist wirklich ein Traum von einem Mann. Groß, breit, ein hübsches Gesicht, ein schönes Lächeln, dunkle Augen und er ist sehr sympathisch. Ich würde das wirklich kein Date nennen, ich habe noch niemals solch einen Mann gedatet. Ich glaube, das ist eine Nummer zu hoch für mich. Kennst du das, wenn du einen Mann anguckst und denkst, so schön anzusehen, doch viel zu schön für mich?«

Luisa hält ihr den Pinsel wie eine Waffe unter die Nase. »Sag mal, so etwas möchte ich aber nicht noch einmal von dir hören. Hast du mal in den Spiegel geguckt? Du siehst aus wie die typische Highschool-Schönheit, die man immer innerlich verflucht hat. Perfekte Haut, blonde Locken, eine Top-Figur, große blaue Augen, alle Männer hier in der Gegend sind ganz verrückt nach dir. Dieser Nicky kann froh sein, dass du ihn eingeladen hast. Du darfst niemals so denken. Du solltest aber einiges über puerto-ricanische Männer wissen, bevor du morgen dein Date hast.«

Sophie lacht leise. »Es ist kein ….« Luisa macht mit dem Streichen weiter. »Doch, es ist ein Date und die allerwichtigste Regel: Egal wie lange du schon ohne Sex lebst, egal wie scharf der Kerl ist, gehe nicht am ersten Tag mit ihm ins Bett. Wenn du das Interesse eines puerto-ricanischen Mannes entfachen möchtest, mach dich interessant. Latinas sind meist sehr temperamentvoll, sie sind also laute Frauen gewöhnt. Du bist ja eher von der ruhigen, abwartenden Sorte.«

Sie sind mit der Hälfte fast fertig und Sophie tritt zurück, um zu sehen, ob noch Stellen sind, die mehr Farbe gebrauchen können. »Also, ich hatte ein paar Freunde, doch ich würde nicht unbedingt sagen, ich bin sehr erfahren, doch was ich weiß ist, dass ich mich niemals für jemanden verstellen werde.« Luisa lacht leise. »Du hast recht, also ich wünsche dir viel Spaß morgen mit dem heißen Nicky.«

Sie schaffen in wenigen Stunden die Arbeit und als Sophie am nächsten Morgen wach wird, hat sie überall Muskelkater. Trotzdem hat sie lange geschlafen und fühlt sich fit. Sie frühstückt und räumt ihre kleine bescheidene Wohnung auf. Als sie dann mit dem Kochen beginnen will, klopft es an der Tür zu ihrem Laden. Wenn sie in der Wohnung ist, kann es manchmal passieren, dass sie es überhört, doch notfalls gibt es immer noch eine Klingel.

Luisa steht vor dem Laden mit Sophies geliebten Brownies. »Du bist verrückt.« Sie umarmt ihre Freundin, die ihr den Kuchen überreicht. »Du wolltest doch ein typisch amerikanisches Essen zaubern, da gehört das dazu. Ich drücke dir die Daumen, und wenn du ihn beeindrucken möchtest, trage das dunkelblaue Kleid, was wir letztens zusammen gekauft haben.«

Sophie hatte es gut geschafft, ihre Aufregung zu unterdrücken –
bis jetzt.

Als sie Luisa jetzt verabschiedet, mischt sich unter die Aufregung
auch ein wenig Unsicherheit. Sie sollte dieses Essen als das sehen,
was es ist: ein Dankeschön. Wenn sie sich jetzt schon zu sehr da
hineinsteigert, dann wird das eh nur nach hinten losgehen und sie
enttäuscht zurückbleiben.

Mit diesen Gedanken macht sie sich nun an die Zubereitung des
Essens. Mit ihrer Mutter im Videoanruf backt sie die leckeren
Brötchen von ihr, bereitet einen Salat vor und würzt den Putenbra-
ten. Sie macht die Cranberrysoße und Süßkartoffeln, dazu noch
einige andere typische amerikanische Sachen, die sie selbst auch oft
genug vermisst. Das dauert einige Zeit. Als sie alles vorbereitet hat
und den Braten in den Ofen schiebt, dämmert es langsam und
Sophie deckt den Tisch auf dem Balkon ein.

Das ist das Schönste an ihrer Wohnung, sie hat einen langen Balkon. Man kann von hier direkt auf das Meer auf der anderen
Straßenseite sehen. Sie haben alles mit dunklen Holzbalken ausgelegt und da es hier kaum regnet, hat Sophie es sich mit Sitzkis-
sen, Blumen, Kerzen, einer Hängematte richtig gemütlich gemacht.
Hier ist auch genug Platz für einen Tisch und zwei Stühle und sie
deckt alles liebevoll ein.

Als sie sich dann das Bild ansieht, muss sie an Luisas Worte denken. Das sieht wirklich zu sehr nach einem Date aus. Sie packt
einige Kerzen wieder weg und macht die Lampion-Lichterkette an.
Dann schaltet sie ihr Album aus und stellt einen bekannten Radio-
sender ein. So ist es besser. Sie geht schnell duschen, cremt sich
ein, und dann muss sie sich schon richtig beeilen, nachdem sie eine
Weile vor dem Kleiderschrank gestanden hat.

Am Ende zieht sie wirklich das dunkelblaue neue Kleid an. Es
umspielt ihr Dekolleté sehr schön, ist aber nicht zu eng, sodass es
zu fein aussieht. Dazu bleibt sie einfach barfuß, lässt ihre Haare
offen mit ihren Locken bis zu ihrem mittleren Rücken fallen und

schminkt sich. Erst etwas mehr, dann entfernt sie das meiste wieder und belässt es bei Wimperntusche, einem Eyelinerstrich und Lipgloss.

Der Braten duftet wunderbar, alles wird rechtzeitig fertig, als es unten klopft. Sophie atmet tief ein, bevor sie die Treppe hinab in den Laden geht und die Tür öffnet.

Nicky ist pünktlich, ein dicker Pluspunkt. Und als sie ihn mit einem Strauß bunter Sommerblumen in der Hand vor dem Laden stehen sieht, muss sie lächeln. Er sieht wieder viel zu gut aus. Ihr Herz beginnt hoffnungsvoll schneller zu schlagen und sie ermahnt sich, ruhig zu bleiben und einen klaren Kopf zu behalten.

Er trägt eine schwarze Jeans und ein weißes Shirt, eine sehr teure goldene Armbanduhr ist der einzige Schmuck, den er trägt und er hat wieder dieses bezaubernde Lächeln auf den Lippen, als sie ihn hereinbittet. »Hmm, das riecht ja hier überall schon so lecker.« Er überreicht ihr die Blumen und Sophie bedankt sich. »Danke. Ich hoffe, es schmeckt auch so. Es ist heute so warm, ich dachte, wir essen auf dem Balkon.«

Nicky streift seine weißen Sneakers von den Füßen und zieht eine Waffe aus seinem Hosenbund. Für einen Moment erschreckt Sophie, was er sofort bemerkt. »Das brauchen wir … wegen der Sicherheit und allem, und ich komme gerade von einem Treffen, deswegen.«

Er folgt ihr nach oben. Natürlich, er arbeitet in einer Sicherheitsfirma, doch trotzdem ist es merkwürdig und sie beobachtet genau, wie er die Waffe auf dem Sideboard ablegt. Auch wenn sie ein komisches Gefühl im Bauch hat, versucht sie, sich das nicht anmerken zu lassen.

»Habt ihr neue Läden mit diesen Plaketten ausgestattet oder was habt ihr gemacht? So genau weiß ich bis jetzt noch nicht, was eure … Firma so macht.« Sie holt den Braten aus dem Ofen, der Rest steht schon auf den Tisch. »Du hast dir wirklich Mühe gegeben, hast du das alles selbst gekocht?« Er sieht mit hochgezogenen Augenbrauen über den Tisch.

»Ja, ich koche nicht so oft, aber wenn, dann richtig. Ich habe das wohl von meiner Mama geerbt. Sie ist eine fantastische Köchin, und dadurch, dass Shay und ich schon früh mithelfen mussten, habe ich sehr früh ein Gespür dafür bekommen, wie man was kombiniert und all das. Ich werde sicher nie so kochen können wie sie, doch es reicht, um ein leckeres Essen zuzubereiten.«

Nicky setzt sich und Sophie hält ihm zwei Weinflaschen hin, er öffnet eine und gießt ihnen beiden ein. »Ich bin beeindruckt und ganz wie der Laden geht es beim Essen weiter. Richtig amerikanisch.« Er grinst sie frech an und Sophie sorgt dafür, dass ihre beiden Teller bald voll sind.

»Also zu unserer Firma … im Grunde sind wir keine Firma in dem Sinne, wie du sie kennst. Wir sind eine Familia. Die Da Silvas … was weißt du über uns?« Sophie muss zugeben, dass ihr der Braten wirklich gut gelungen ist. Sie sieht Nicky in die schönen braunen Augen und trinkt einen Schluck Wein.

»Um ehrlich zu sein nur, dass man sich für die Sicherheit in den Läden am besten an euch wenden sollte. Was bedeutet Familia? Ist es so etwas wie ein Familienunternehmen?« Nicky lacht auf. »Im weitesten Sinne. Wir sind keine Firma, die irgendwo ihren Sitz hat und nach 16 Uhr hat man Feierabend. Zu den Da Silvas gehören nur mit bedacht ausgesuchte Männer. Sie sind eine mächtige Familie in Puerto Rico und zur Zeit ist Dario der Anführer, neben ihm noch sein Bruder Diego, einige Cousins und die engeren Kreise, zu denen ich auch gehöre. Ansonsten gibt es zurzeit um die 400 Männer die für uns arbeiten. Die Engsten leben alle zusammen in einem bestimmten Gebiet. Ich weiß nicht, ob du das kennst, auf den Hügeln.«

Sophie erinnert sich.

»Ja klar. Ich bin einmal mit zwei Freundinnen unterwegs gewesen, wir haben uns verfahren und das Navi hat uns gesagt, durch die Hügel wäre es am schnellsten, aber wir wurden aufgehalten und uns gesagt, das Gebiet ist gesperrt für den normalen Verkehr.« Er nickt. »Dort leben wir.« Nun wird Sophie noch neugieriger.

»Und das erlaubt die Polizei einfach so? Ich meine, ihr sperrt die Straßen auf Dauer?« Nicky zuckt die Schultern. »Um ehrlich zu sein, hat die Polizei uns nichts zu sagen, auch der Präsident nicht. Wir haben das Sagen in Puerto Rico und auch noch ein wenig weiter hinaus.« Nun versteht sie gar nichts mehr. »Aber ihr habt doch nichts mit Politik zu tun, oder? Ich dachte, es geht bei euch nur um Sicherheit und ...«

Nicky sieht ihr wieder in die Augen. Sie ist sehr neugierig auf diesen hübschen Mann. »Nein, nichts mit Politik. Trotzdem haben wir die Macht. Wir arbeiten mit Sicherheit und sehr stark im Verkauf von Waffen und einigem anderen.« Sie versucht das Ganze zu verstehen, aber sie kann es sich nicht so wirklich vorstellen. Eine Familie, die über allem steht. »Okay, und das heißt, du hast keine richtigen Arbeitszeiten?«

Sie gießt ihnen beiden noch einmal Wein nach. »Nein, man ist immer ein Da Silva. Es gibt Zeiten, da ist mehr zu tun und dann gibt es wieder Zeiten, da ist weniger los. Morgen fliege ich weg und bin Freitag zurück. Solche Reisen sind auch normal. Man sieht viel von der Welt und es ist ein ... es ist schön, dazuzugehören.«

Sophie lächelt, seine Augen haben plötzlich einen ganz weichen Glanz angenommen. »Sind die Da Silvas so etwas wie eine Familie für dich?« Sophie hat bemerkt, dass sein Handy, was er neben sich gelegt hat, immer wieder aufleuchtet, doch er hat es leise gestellt und ignoriert es, was sie sehr aufmerksam findet.

»Sie sind meine Familie. Ich habe keine andere. Meine Mutter war drogenabhängig und als ich sieben war, ist sie eines Nachts nicht mehr nach Hause gekommen. Ich hatte niemanden, ich habe keine Familie. Danach haben meine Nachbarn mich versorgt und ich habe mich durchgeschlagen, bis ich mit siebzehn mit Diego in einer Disco aneinandergeraten bin. Ich hatte vor nichts und niemandem Respekt und habe es fast bereut, so frech gewesen zu sein, doch Diego hat meine unerschrockene Art gefallen und wir haben uns angefreundet. Kurz danach habe ich Dario kennengelernt und jetzt gehöre ich schon eine Weile dazu.«

Sie haben beide den Teller leergegessen und das Besteck weggelegt. Sie hatte nicht damit gerechnet, so schnell so viel über Nicky zu erfahren und räuspert sich. »Das tut mir leid mit deiner Familie, aber umso schöner, dass du jetzt eine neue Familie gefunden hast, das scheint ja dann wirklich ein großer Zusammenhalt zwischen euch zu sein.«

Er blickt einen Moment auf sein Handy.

»Sehr stark, wir können uns immer auf die anderen verlassen und ja, wir würden für die Familia sterben. Das ist schon ein sehr besonderes Gefühl.«

Sophie kann nicht aufhören, Nicky zuzuhören und in seine schönen Augen zu blicken.

Er erzählt, wie sie leben und Sophie hört heraus, dass sie alle viel Geld zu haben scheinen. Sie hat einmal das Auto von Nicky gesehen und kann sich vorstellen, dass er gut Geld verdient. Er scheint sich mit seiner Arbeit und der Familia sehr wohl zu fühlen, und auch wenn sie das Ganze noch nicht so ganz verstanden hat, reicht ihr das erst einmal.

Sie bleiben noch ziemlich lange sitzen. Sophie erzählt ihm ein wenig von sich, mehr von ihren Eltern und ihrem Zuhause und als sie dann noch die Brownies mit Vanilleeis essen und dabei zum Meer sehen, wird es immer später.

Der ganze Abend war schön, sehr schön. Nicky ist ein toller Mann. Er ist sehr aufmerksam, er hat ihr sogar geholfen, den Tisch abzuräumen und hat wirkliches Interesse, mehr von ihrem Leben zu erfahren. Sie haben nicht eine Minute nicht gewusst, was sie sagen sollen, auf beiden Seiten ist eine gehörige Portion Neugierde. Als Nicky dann spät in der Nacht gehen will, ist das nur, weil er bald zum Flughafen muss.

Sophie ist richtig enttäuscht, dass dieser schöne Abend schon zu Ende ist.

Langsam gehen sie zur Ladentür nach unten und Nicky dreht sich noch einmal zu ihr um.

»Danke für das Essen.« Sophie lehnt sich gegen die Tür und lächelt.

»Danke für die Blumen und den schönen Abend.« Nicky sieht ihr in die Augen.

»Ich bin am Freitag zurück und am Samstagabend ist eine Cluberöffnung, zu der wir eingeladen sind, weil wir auch dort für die Sicherheit zuständig sind. Es wird eine Latin Night. Was hältst du davon? Nach solch einem amerikanischen Abend?«

Natürlich war Sophie hier schon aus, auch abends, doch eher in Bars, sie hat es bisher vermieden, in Clubs zu gehen. Sie weiß, wie heiß und sexy all das hier ist und sie ist alles andere als heiß und sexy, doch sie möchte Nicky unbedingt wiedersehen, deswegen nickt sie.

»Gerne. Ich habe deine Nummer. Ich schreibe dir, damit du meine Nummer hast und dann kannst du mir noch einmal genau sagen, wann das am Samstag ist.« Er nickt, beugt sich zu ihr und gibt ihr einen zärtlichen Kuss auf die Wange.

Sophie schließt die Augen.

Seine große Hand an ihrer Hüfte, die dort eine Millisekunde verweilt, hat eine warme Spur hinterlassen, sie mag seinen Duft nach würzigem Aftershave und hofft, ihre Wangen haben sich nicht zu sehr rot gefärbt, als er sich entfernt und noch einmal in ihre Augen sieht.

»Pass gut auf dich auf, Sophie, und melde dich.«

Mehr als ein Nicken bekommt sie nicht zustande. Sie verabschiedet sich und schließt den Laden.

Mitten in der Nacht hört man einen Motor aufheulen und Sophie geht nach oben in ihre Wohnung. Sie lehnt sich gegen die Wand und atmet tief ein.

Ob das ein Date war oder nicht, es war einer der schönsten Abende, die sie seit langer Zeit hatte, und ihr Herzschlag zeigt ihr deutlich, wie beeindruckt sie von Nicky ist.

Kapitel 5

»Oh mein Gott, du strahlst ja richtig, wenn du von Nicky sprichst.«

Luisa hilft ihr, die Dekomaterialien und Kleidung in das neue Regal zu stellen bzw. auf die Kleiderstange, die beide Regale verbindet, zu hängen. Drei Tage hat Juan dafür gebraucht, die Regale und die Stange anzufertigen und aufzubauen. Luisa hatte ihren Laden die drei Tage geschlossen, weil sie einige Dinge erledigen musste und erst heute kam Sophie dazu, ihr alles in Ruhe zu erzählen.

Um ehrlich zu sein, denkt sie ständig an den schönen Abend mit Nicky. Sie hat ihm am nächsten Tag eine Nachricht geschrieben und er hat sich etwas später zurückgemeldet. Sie schreiben relativ viel miteinander, sie hat nicht ganz so viel zu erzählen, sie hat ihm Fotos von dem fertigen Regal geschickt, aber sonst ist nicht viel passiert. Er hingegen ist in der Dominikanischen Republik, und als sie ihn fragt, wie es dort so ist, schickt er ihr Bilder von Stränden, Flamingos im Wasser, leckerem Essen und einer traumhaften Villa, wo sie leben. Er schreibt ihr auch, dass sie sehr viel zu tun haben, doch es muss wunderschön dort sein.

Er ist wirklich süß. Während Sophie ihm immer schreibt, schickt er meistens Sprachnachrichten und als sie jetzt nach drei Tagen einmal hochscrollt, haben sie wirklich viel Kontakt gehabt.

Heute hat er sich noch nicht gemeldet, Sophie hat Luisa alles erzählt und geht nun noch einmal in ihre Wohnung nach oben, um noch einen Karton zu holen. Sie hat mehr Platz als erwartet. Als sie jetzt nach unten kommt, steht Antoni bei Luisa und sieht sich das neue Regal an. Er war einige Tage nicht da und Sophie hat schon darauf gewartet, dass er mal wieder vorbeikommt.

»Antoni, wo hast du dich versteckt die letzten Tage?« Sie lächelt und gibt ihm einen Kuss auf die Wange. »Ich habe noch eine zweite Route bekommen, nun bin ich auch immer am anderen Ende des Strandes und hier nur noch alle zwei Wochen.«

Sophie geht zu ihrer Kasse und holt den Scheck heraus, den er für die Da Silvas ausgestellt hat. »Antoni, vielen Dank für dieses großzügige Geschenk, doch ich kann das nicht annehmen. Es ist zu viel, wirklich, aber durch dich bin ich auf die Da Silvas aufmerksam geworden und nun, denke ich, ist mein Laden ziemlich gut abgesichert, danke dafür.«

Sie reicht ihm den Scheck. »Bist du sicher? Das ist doch ein Geschenk und ...« Sophie reicht ihm einen der Muffins, die Luisa mitgebracht hat. »Ja, bin ich, aber wenn du uns einen Gefallen tun willst, dann hilf uns, diese Muffins zu essen, bevor sie komplett auf unseren Hüften landen. Wie findest du die Idee? So wirkt der Laden noch größer, oder?« Er nickt und beißt vom Muffin ab. »Auf jeden Fall, das sieht gut aus. Wollen wir heute Abend mal wieder an den Strand? Ich kann die anderen fragen.« Da sind sie natürlich gerne dabei und Sophie ist froh, dass sie für den Abend Pläne hat, sie ist wirklich sehr aufgeregt, Nicky am Wochenende wiederzusehen und Ablenkung tut gerade gut.

So sitzen sie, nachdem die Läden geschlossen sind, zu fünft am Meer, Luisa hat die Reste vom Tag dabei, Sophie hat mehrere Hotdogs besorgt und Luis der Obsthändler hat auch einiges dabei. Sie erzählen sich den neuesten Klatsch und tauschen sich viel aus. Sophie genießt diese Abende und sie sieht wirklich mal nicht ständig auf das Handy, ob Nicky sich meldet. Als sich alle gegen Mitternacht auf den Weg machen, begleitet Antoni sie noch zu ihrem Laden.

Den ganzen Abend hat Sophie es geschafft, seinen Annäherungsversuchen aus dem Weg zu gehen, als er sich jetzt aber vor der Tür noch einmal an sie wendet, weiß sie, dass sie jetzt nicht mehr drum herumkommt, ihm zu sagen, was sie wirklich fühlt.

»Hör mal, Sophie, ich denke, du weißt, dass ich dich mag und ich ... wollte fragen, ob wir vielleicht mal einen Schritt weitergehen wollen. Wir könnten etwas essen gehen, oder ins Kino. Ohne die anderen, nur wir zwei, und ...« Oh nein, nein. Sie hasst so etwas.

»Um ehrlich zu sein, habe ich das natürlich gemerkt, doch ... ich will auch ganz ehrlich zu dir sein. Ich mag dich, ich mag dich sehr ... doch nicht ...« Antoni verzieht das Gesicht. »Nicht auf diese Art?« Sophie sieht ihn entschuldigend an. »Ich meine, du bist ein toller Mann, doch um ehrlich zu sein treffe ich zurzeit einen anderen Mann, und doch möchte ich dich als Freund nicht verlieren. Ich hoffe, du bist mir deswegen nicht böse.« Antoni lacht auf und sie erkennt sofort, wie aufgesetzt das ist. Es tut ihr so leid. »Nein, nein. Ich wollte nur fragen, Sophie. Alles gut. Ich bin nicht sauer. Ich komme morgen vorbei, mach dir keinen Kopf.«

Er hebt die Hand und Sophie sieht noch zu, wie er zu seinem Auto geht und einsteigt. Natürlich ist er sauer, doch sie kann nur hoffen, dass sie trotzdem Freunde bleiben können und er das nicht aufgibt. Sie mag ihn wirklich.

Umso mehr freut sie sich dann, als er wirklich am nächsten Tag in den Laden kommt und ihr etwas zum Mittag mitbringt. Sie beide tun einfach so, als hätte es das Gespräch gestern nicht gegeben und es fühlt sich schon nach einigen Minuten alles ganz normal an. Der Freitag vergeht sehr zäh und Nicky schreibt ihr, dass er sie am Samstagabend gegen 21 Uhr abholen kommt. Sie hat die ganze Woche an nichts anderes gedacht als an Samstagabend. Als sie dann allerdings am Freitag vor dem Schlafengehen in ihren Kleiderschrank guckt, fällt ihr erst da auf, dass sie nichts zum Anziehen hat, um in einen der heißesten Clubs Puerto Ricos zu gehen. So wird zumindest die Neueröffnung ständig im Radio angekündigt.

Erst vergehen die Tage nicht, dann kommt sie plötzlich zu gar nichts mehr. Eigentlich versucht sie am Vormittag noch einmal, nach einem neuen Outfit Ausschau zu halten, doch der Laden ist so voll und ihre Aushilfe überfordert und so schafft sie es nicht mehr, in der Zeit einkaufen zu gehen. Erst als der Laden zu ist, fährt sie schnell zum Einkaufszentrum und geht in zwei Boutiquen, bis sie sich in der dritten einfach beraten lässt. Sie sagt, dass sie zu der Neueröffnung in den Club geht und die Verkäuferin bringt ihr mehrere sehr sexy Outfits.

Sophie hat sich schon öfter sexy angezogen, doch ihr ist es auch immer sehr wichtig, nicht billig sexy auszusehen, sondern immer das gewisse Etwas zu haben. Das fehlt ihr bei all den Kleidern, bis die Verkäuferin ihr ein bordeauxfarbenes bringt. Es ist eng, geht bis zu den Knien und hat keine Träger. Das Kleid hat einen goldenen oberen Bund, und auch wenn das Kleid sehr sexy ist, ist es dadurch auch sehr edel. Sie probiert es an und es passt perfekt.

Sophie ist eher schmal, sie ist zufrieden mit ihren Kurven, doch natürlich ist sie sich bewusst, dass sie hier in Puerto Rico eher zu den Frauen gehört, die weniger Kurven haben. Die Verkäuferin bringt ihr einen BH, der das Dekolleté wirklich sehr schön wirken lässt, als sie ihr dann aber eine Unterhose hinhält, die den Hintern pushen soll, lehnt sie lachend ab.

Eigentlich hatte sie es nicht vor, doch als sie bei einem Friseur vorbeikommt, geht sie hinein und lässt sich die Haare machen und sich auch schminken. Sogar die Fuß- und Fingernägel kann man sich dort machen lassen, und während drei Frauen gleichzeitig an ihr arbeiten, schließt Sophie die Augen und versucht ihre Aufregung etwas zu dämpfen.

Als sie nach knapp zwei Stunden den Friseurladen wieder verlässt, kann Sophie kaum glauben, was sie im Spiegel sieht. Ihre Locken wurden geglättet und dann in weiche Wellen gelegt, sie hat ein zartes, aber sehr schönes Make-up drauf, ihre Augen haben ein sexy Smokey Eye und die Nagellackfarbe ist genau auf das Kleid abgestimmt.

Bei sich hat sie nicht mehr ganz so viel Zeit. Sie macht sich schnell eine Gemüsepfanne, um wenigstens etwas im Magen zu haben, dann bindet sie sich achtsam die Haare hoch und geht ganz vorsichtig duschen, sie wäscht nur ihren Körper, cremt sich mit der Mandelmilch ein, die sie jeden Tag benutzt und die ihre Haut unglaublich weich macht.

Als sie sich dann das Kleid überzieht, das Make-up noch einmal kontrolliert und schnell etwas isst, ist es schon 21 Uhr. Nicky kommt einige Minuten zu spät. Als er dann an ihre Ladentür klopft, löscht sie das Licht, streift sich die Pumps über, die sie auch dort im Laden gefunden hat und nimmt ihre goldene Clutch. Ihr Herz schlägt schneller, als sie nach knapp einer Woche wieder Nicky sieht.

Sie hat ständig an ihn gedacht, doch dabei verdrängt, wie attraktiv er ist. Heute trägt er eine schwarze Hose und ein schwarzes Hemd. Seine Ärmel sind hochgekrempelt, schon am ersten Tag, als er ein T-Shirt getragen hat, hat sie einige Tätowierungen an seinem Arm gesehen, genau wie heute und er trägt wieder eine teuer aussehende Uhr. Sonst ist er sehr klassisch und trotzdem wirkt er mächtig und anziehend.

Seine dunklen Augen fahren sie einmal komplett ab, als sie die Ladentür schließt und vor ihm steht. Doch es fühlt sich nicht merkwürdig an, ganz im Gegenteil.

»Hallo … du siehst wunderschön aus. Ich schätze, ich darf dich heute nicht eine Minute aus den Augen lassen.« Sein freches Grinsen setzt sich auf seine Wangen und das bringt Sophie auch sofort zum Lächeln. Sie beugt sich vor und gibt ihm einen Kuss auf die Wange. »Hallo, es ist schön, dich wiederzusehen.« Er nickt. »Ja, es ist wirklich schön. Bist du bereit?«

Nicht wirklich, es ist schon aufregend genug für sie, mit Nicky zusammen zu sein. Jetzt das erste Mal in einen Club in Puerto Rico zu gehen macht das Ganze nicht besser. »Ja, natürlich.« Nicky bringt sie zu einem metallblauen Lamborghini und hält ihr die Tür auf. »Ist das dein Auto?« Sie lässt sich ins weiche Leder nieder und sieht sich fasziniert um. »Ja, gefällt es dir?« Sie sieht sich alles an. »Das ist ein ganz Neuer, oder?« Nicky startet den Motor, wieder dringt sein anziehender Duft zu ihr und sie atmet tief ein.

»Ja, er ist knapp einen Monat alt. Kennst du dich mit Autos aus?«
Sophie setzt sich etwas auf, hier im Sitz rutscht man automatisch
herunter. »Ja, mein Vater ist ein Autonarr. Er hat eine große Garage und ein paar alte Autos, an denen er immer herumschraubt. Ich
habe ihn oft auf Automärkte begleitet und so viel über Autos
erfahren. Er wird nächste Woche sechzig und wir alle haben ihm
als Überraschung einen alten Cadillac gekauft, er sieht genauso aus
wie sein altes Auto, worin er meine Mutter das erste Mal geküsst
hat und so weiter. Wir haben zwei Jahre gesucht, bis wir das Auto
gefunden haben und er bekommt es nächste Woche. Er muss
noch etwas daran arbeiten, doch ich denke, das wird ihm Spaß
machen.«

Sie blickt zu Nicky, der immer wieder zu ihr sieht. »Bestimmt.
Das ist ein schönes Geschenk. Fliegst du also nächste Woche nach
Hause?« Sophie nickt. »Ja, ich war lange nicht mehr da und bleibe
eine Woche. Ich habe den Urlaub dringend nötig.« Sie fahren auf
einen Club zu, vor dem Unmengen an Menschen warten. »Das ist
bestimmt sehr entspannend dort, ich würde gerne mal die Stadt
dazu sehen, die dich zu deinem Laden inspiriert hat.«

Sie fahren auf einen Parkplatz vor den Club und Nicky hält auf
einem der ersten Parkplätze, der ihm sofort von einem Mann dort
zugewiesen wird. »Du reist doch so viel, komm doch auch für ein
paar Tage nach Padanaram Village, auch jemand wie du braucht
sicher mal einige Tage Ruhe.« Nicky lächelt und zieht den Zünd-
schlüssel. »Wer weiß, vielleicht mache ich das sogar. Aber erst einmal genießen wir den Abend heute.«

Sie steigen aus und laufen zum Clubeingang. Schon jetzt sieht
man, wie voll es ist, hört die laute Musik und sieht die vielen sexy
Menschen. Statt sich in die lange Reihe zu stellen, führt Nicky sie
direkt zum Eingang, wo ein Mann ihnen sofort die Tür öffnet.
»Hey Nicky, es sind schon einige von euch da.« Sophie spürt
Nickys warme Hand an ihrem Rücken, er begrüßt den Mann und
führt sie in den Club. Nun sind sie inmitten eines edlen Clubs. Die
Musik pulsiert durch ihren Körper. Sexy Frauen auf Rollerblades

servieren Cocktails, auch zu ihnen kommt sofort eine und bietet welche an. Sophie verneint erst einmal und auch Nicky möchte noch nichts.

Er tritt näher zu ihr und deutet nach oben, durch eine Treppe kommt man in die erste Etage. »Lass uns nach oben, oder möchtest du gleich tanzen?« Sie sieht sich um, die Leute hier können alle unheimlich gut tanzen. Es war nicht die beste Idee herzukommen, sie kann tanzen … aber nicht so. »Nein, wir können ruhig erst einmal nach oben.«

Wieder spürt sie seine Hand am Rücken und sie gehen die Treppe hinauf. Nicky wird überall gegrüßt und bleibt stehen, er stellt auch jedes Mal Sophie vor, doch man merkt, dass ihm diese Menschen egal sind, erst als sie im oberen Bereich ankommen, ändert sich das.

Hier ist es ruhiger, es gibt viele Tische und Sessel und bequeme Sofas. Die Kellnerinnen laufen hier normal herum und man erkennt schnell, dass das hier der VIP-Bereich ist. Einige Tische sind voll, doch Nicky bringt sie zu einem der vollsten. »Ey … Nicky. Herzlichen Glückwunsch, ich habe gehört, ihr habt in der Dominikanischen Republik richtig Eindruck hinterlassen.« Mehrere Männer stehen gleich auf, als sie an den Tisch kommen. Hier sitzen viele Männer und auch einige Frauen. Nicky umarmt zwei Männer, die anderen scheint er heute schon gesehen zu haben. »Wir haben uns Mühe gegeben.«

Die Männer sehen zu ihr und Sophie spürt sofort, wie ihre Wangen sich leicht verfärben. »Ohh, das ist ja das erste Mal, dass du eine Begleitung mitbringst.« Nicky lacht auf und legt wieder seine Hand an ihren Rücken. »Das ist Sophie. Sophie, das sind Nuno, Milan, Diego, Barim und der da vorne ist Adrian.« Alle nicken ihr höflich zu und auch die Frauen lächeln ihr nett zu. Sie setzen sich neben eine rothaarige Frau und diesen Nuno, gleich darauf kommt eine Kellnerin und sie bestellen sich etwas zu trinken. Nicky nimmt einen stärkeren Cocktail und Sophie einen alkoholfreien, den ihr die Rothaarige neben ihr empfiehlt. Sie bemerken sofort, dass sie beide aus Amerika kommen.

Die Begleitung von Nano heißt Stella und ist im Austauschjahr aus Virginia hier. So ist das Eis schnell gebrochen. Sophie unterhält sich mit Stella. Die Männer sprechen über einen Deal, den sie in der Dominikanischen Republik abgeschlossen haben, beteiligen sich aber auch an ihrem Gespräch. Sie scheint sich völlig umsonst Gedanken gemacht zu haben, sie haben richtig viel Spaß, Nuno und Nicky bringen sie alle immer wieder zum Lachen. Nicky ist sehr aufmerksam, sie bestellen viele Leckereien und er achtet immer darauf, dass es Sophie an nichts fehlt. Es kommen immer wieder neue Männer und andere gehen, doch sie alle scheinen zu den Da Silvas zu gehören. Man erkennt es, sie haben alle eine besondere Bindung zu einander, sie alle sind sehr durchtrainiert und stechen zwischen den anderen Männern heraus.

Sie haben viel Spaß, der Club hat sich einiges einfallen lassen, auf der Tanzfläche werden Spiele veranstaltet, die Sophie und Stella gespannt verfolgen. Irgendwann stellt Nicky ihr einen Dario vor, auch er ist ein sehr attraktiver Mann und begrüßt sie freundlich, doch man merkt sofort, dass er der Chef oder Anführer ist, wie Nicky es ihr bei ihrem Essen zu Hause erklärt hat. Er bestellt für alle Getränke und hebt sein Glas. Dabei erwähnt er einen erfolgreichen neuen Deal und lobt besonders Nicky und Nuno. Sophie fühlt sich wohl und deswegen lässt sie sich dann auch von Stella auf die Tanzfläche ziehen. Nicky war in dem Moment auf der Toilette, erst überlegt sie, auf ihn zu warten, doch er wird wissen, dass sie tanzen ist, wenn er sieht, dass sie nicht mehr da ist.

Es ist schwer, erst ist Sophie verkrampft neben all den sexy Körpern und erst nach einigen Liedern schafft sie es, komplett loszulassen und tanzt mit Stella. Plötzlich spürt sie jemanden eng hinter sich und der unwiderstehliche Duft von Nicky umfasst sie sofort. »Hier bist du.« Sophie dreht sich zu ihm um und seine Hände legen sich an ihre Hüften, als sie sich tanzend an ihn schmiegt.

»Der Abend ist wirklich schön.« Es läuft das Lied Sin Contrato von Maluma und Nicky sieht ihr in die Augen.

In diesem Moment verblasst alles neben ihnen.

Sophie erwidert seinen Blick und seine Hand wandert an ihr Gesicht. Mit seinem Daumen streicht er zärtlich über ihr Kinn. »Und welcher Abend gefällt dir besser? Der amerikanische oder der puertoricanische?« Sophie verliert sich in seinen schönen dunklen Augen, der Moment, die Musik, all das ist perfekt und doch lächelt sie. »Beide haben ihren Reiz.« Er nickt und sein Daumen bleibt an ihrem Kinn, als er sich zu ihr beugt und seine Lippen ihre bedecken und liebevoll liebkosen. Es ist nur ein kurzer Kuss und Sophie öffnet ihre Augen, als sich ihre Lippen trennen und sie ihm noch einmal in die Augen sieht, etwas verwundert über das starke Gefühl, was dieser Kuss in ihr ausgelöst hat, und fast als würde es ihm auch so gehen, hält er einen Moment ein.

Sie sehen sich in die Augen, bevor sie beide ihre Augen schließen und sich ihre Lippen wie von selbst erneut finden.

Kapitel 6

»Es ist schön, wieder zu Hause zu sein.«

Sophie drückt die Hand ihrer Mutter und lehnt ihren Kopf an ihre Schulter. Sie blickt auf das schöne Bild ihrer Schwester, das auf ihrem Grabstein angebracht ist und auf die vielen bunten Blätter, die überall herumfliegen. Es ist mitten im Herbst, ihre Lieblingszeit hier in Massachusetts. Die Natur zeigt sich von ihrer schönsten Seite.

Genau das fehlt ihr im warmen Puerto Rico. Sie trägt einen dicken Wollpullover, eine Mütze und einen Schal, aber trotz der schon spürbaren Kälte taucht die Herbstsonne alles in ein wunderschönes Licht. Die Umgebung färbt sich braun, rot und orange, überall spürt und riecht man den nahenden Winter. Ihr Vater hat ihr gestern, als er sie nachts vom Flughafen abgeholt hat, gesagt, dass sie dieses Jahr sogar etwas früher mit Schnee rechnen.

Sie ist so spät nach Hause gekommen, dass sie sich sofort in ihr Bett gelegt und bis heute Vormittag wie ein Stein geschlafen hat. Die letzten Tage in Puerto Rico waren etwas stressig. Am Samstag war sie bis zum frühen Morgen mit Nicky, Nuno und Stella unterwegs. Kurz nach ihrem ersten Kuss haben sie die Feier verlassen, Nicky hat ihre Hand gehalten und sie sind zusammen noch etwas essen gewesen.

Dieser Teil des Abends war sogar noch viel schöner. Nuno wusste von einem Festival am Strand. Sie haben sich nach dem Essen das Dessert mitgenommen und haben sich zu vielen anderen Hunderten an den Strand gesetzt und um drei Uhr morgens erstrahlte Puerto Ricos Himmel in Hunderten von Lichtern bunter Feuerwerkskörper. Dabei hat sie sich auf Nickys muskulösen Bauch gelegt, der es sich im Sand bequem gemacht hat. Sophie hat diese vorsichtige erste Nähe, die sie beide ausgetauscht haben, sehr genossen. Sie hat jedes Lachen von ihm genau gespürt und sie haben viel gelacht.

Es war einfach schön. Erst kurz nach fünf Uhr morgens haben sie den Strand verlassen und da ihr Laden gleich dort war, zuerst Sophie nach Hause gebracht. Da Nuno und Stella dabei waren, hat Nicky ihr nur einen leichten Kuss auf den Mund gegeben, doch der Kuss im Club hat trotzdem auch noch den ganzen Sonntag auf ihren Lippen gebrannt. Den Sonntag hat sie fast komplett verschlafen und dann Erledigungen gemacht, zu denen sie nicht gekommen ist. Nicky und sie haben sich geschrieben, aber auch er hatte einiges zu tun.

Am Montag ist er sie in der Mittagspause besuchen gekommen, da aber gerade die Handwerker da waren, die in allen Geschäften am Strand einige Rohre austauschen mussten, waren sie nicht wirklich ungestört. Trotzdem war es sehr süß, dass er für sie Sushi besorgt hat und sie die gesamte Zeit zusammen verbracht haben. Er ist an diesem Abend noch nach Kuba geflogen und sie konnten sich nicht mehr sehen, auch wenn sie trotzdem weiterhin viel Kontakt haben.

Es ist die schönste Zeit mit einem Menschen, der neu in ein Leben tritt: das Kennenlernen. Die vielen Schmetterlinge, die sich in ihrem Bauch ausbreiten, sobald sie sieht, dass sie eine Nachricht von ihm bekommen hat. Das Glücksgefühl, was in ihr schlummert, sobald sie an diesen Kuss denkt und der Wunsch, ihm noch einmal so nah zu sein. Sie ist dabei, sich in Nicky zu verlieben und ausgerechnet jetzt können sie sich einige Tage nicht sehen, doch um nichts in der Welt hätte Sophie diesen kleinen Urlaub ausfallen lassen. Es hat lange genug gedauert, es so hinzubekommen, dass ihr Laden fast die ganze Zeit geöffnet ist, auch wenn sie nicht da ist, und Luisa hat ihr versprochen, alles im Auge zu behalten.

Heute ist der Geburtstag ihres Vaters.

Sie ist früh aufgestanden, bevor er zur Arbeit los ist, und hat mit ihrer Mutter zusammen sein Lieblingsfrühstück gezaubert. Als er dann zufrieden zur Arbeit aufgebrochen ist, hat sich Sophie wieder schlafen gelegt, während ihre Mutter schon mit den Vorbereitungen begonnen hat.

Nun laufen sie vom Friedhof zur Innenstadt, wo auch das Auto steht, was Sophie gehört. Sie bringt ihre Mutter zum Friseur, bei dem sie sich die Haare machen lässt und verspricht, die Kuchen und andere Leckereien noch abzuholen. Erst einmal geht sie aber Nelly besuchen. Mit ihr zusammen überlegt sie sich immer Neues für ihren Laden in Puerto Rico, und als sie jetzt in Nellys Laden tritt, weiß sie wieder, wieso sie genau solch einen Laden auch wollte. Man fühlt sich sofort wohl, sie begrüßt Nelly und den Sheriff, der gerade vorbeigekommen ist. Sie unterhalten sich lange über Puerto Rico und den Laden und verabreden sich, um neue Bestellungen von ihrem Großhändler durchzugehen.

Sie alle sehen sich aber am späten Nachmittag wieder und genau dafür fährt Sophie zu der besten Bäckerei weit und breit. Ihre Mutter hat einiges vor am Abend und sie platziert zwei Torten und vierzig Cupcakes in ihrem Kofferraum. Als sie diesen schließt, steht plötzlich Shawn vor ihr.

Shawn Stewart war so etwas wie ihre erste Liebe, wahrscheinlich war er die erste Liebe so einiger Mädchen, er war immer der große Frauenschwarm auf ihrer Highschool. Danach haben sich ihre Wege getrennt. Shawn ist auf ein College in Boston gegangen, wo er ein Footballstipendium bekommen hat. Das nächste Treffen mit ihm war auf Shays Beerdigung, aber damals wollte sie mit niemandem sprechen.

»Hey Sophie, ich habe schon gehört, dass du zurück bist. Gut siehst du aus. Dir scheint dein neues Leben in der Karibik gut zu tun. Wie geht es dir?«

Sie lächelt und umarmt ihn einen Augenblick.

»Sehr gut. Ja, es war denke ich die richtige Entscheidung, mal etwas Abstand zu alldem zu gewinnen. Was tust du hier? Es sind doch gar keine Semesterferien?« Shawn lächelt und sofort ist Sophie wieder klar, was ihr damals so an ihm gefallen hat. Seine grünen Augen strahlen und seine schwarzen Haare sind top gestylt, auch wenn er sonst eher wie die Holzarbeiter der Stadt angezogen ist.

»Hat sich das noch nicht bis zu dir herumgesprochen? Also der Tratsch hier ist auch nicht mehr das, was er mal war. Ich hatte letztes Jahr einen Unfall. Ich wurde zweimal am Knie operiert, seitdem darf ich es nicht mehr zu stark belasten. Also arbeiten und alles andere geht, aber halt kein Leistungssport. Daher habe ich aufgehört und arbeite jetzt in der Firma meines Vaters mit und kümmere mich um die Wälder. Ist auch nett und so verpasst man nichts mehr in Padanaram Village, das hat auch etwas.«

Sophie sieht auf seine Beine. »Oh nein, das tut mir leid. Ich habe fest damit gerechnet, dich bald im Fernsehen in einer der bekannten Mannschaften zu sehen, aber du hast recht, gegen Padanaram Village kommt auch nicht viel an.« Shawn lächelt. »Immer noch so schlagfertig wie früher. Erst einmal wird da nichts draus, aber der Rektor unserer alten Highschool hat mich angesprochen und gefragt, ob ich mir vorstellen könnte, in der neuen Saison das Team zu coachen. Ich werde mir das mal ansehen.«

Sophie schließt den Kofferraum, sie muss die Sachen nach Hause bringen. »Das hört sich doch gut an. Die alte Schule, ich hatte mir schon überlegt hinzugehen und unsere alten Lehrer mal zu besuchen.« Shawn sieht zu dem Burgerladen, wahrscheinlich hatte er vor, dort zu Mittag zu essen. »Wenn du das machst, sag mir Bescheid. Ich komme mit. Ich muss los, wir sehen uns heute Abend?« Sie nickt und steigt ein. »Bis später.«

Den ganzen Weg zurück fährt Sophie an bekannten Gesichtern vorbei, sie kennt jede Straße und jedes Haus hier und bemerkt sofort alle Veränderungen. Sie liebt ihre Heimat und wird sicherlich irgendwann hierher zurückkehren, doch noch zieht sie der Strand Puerto Ricos mehr an.

Da die Kuchen gekühlt werden müssen, fährt Sophie direkt nach Hause. Ihre Mutter ist dabei, den Garten zu dekorieren, und Sophie hilft ihr bei den Vorbereitungen. Sie stellen Tische und

Bänke auf und eine Nachbarin kommt und hilft ihnen, die vielen Ballons und Dekorationssachen aufzustellen. Dann beginnen sie, das Buffet vorzubereiten, zumindest das, was sie selbst herstellen, es wird auch einiges geliefert, und dann schafft es Sophie gerade noch, zu duschen und sich etwas zu schminken, da kommen schon die ersten Gäste.

Sie liebt es. Hier in ihrer kleinen Stadt können die Feiern noch so groß sein, noch so viele Gäste da sein, es ist immer gemütlich. Es wird nie zu förmlich, nie langweilig. Sophie begrüßt alle, es wird leise Musik gespielt, alle Nachbarn, Freunde, Arbeitskollegen, nach und nach treffen alle ein, da sie vorhaben, ihren Vater zu überraschen.

Seit dem Tod von Shay hat keiner von ihnen mehr richtig gefeiert. Keine Geburtstage und auch alles andere hat sich immer falsch angefühlt, doch im Grunde wissen sie, dass das nicht richtig ist. Shay hat feiern geliebt. Sie hätte gewollt, dass sie feiern und besonders den sechzigsten Geburtstag, und das haben sie dann auch wie früher groß geplant.

Sein bester Freund hält ihren Vater gerade auf, sodass sie alle zusammentrommeln können. Er denkt, dass sie alle nach Massachusetts fahren und ins Theater gehen, sie haben ihm sogar gefälschte Karten gezeigt, deswegen wird er hiermit gar nicht rechnen, und als Sophie auch sehr alte Freunde aus der Highschool-Zeit ihres Vaters begrüßt, weiß sie, dass er das hier genießen wird.

Das Auto, was sie gekauft haben, wird ihr Nachbar erst vorfahren, wenn ihr Vater da ist. Nach und nach treffen ihre alten Freunde und auch Freunde von Shay ein, es ist wirklich voll, doch noch immer sehr gemütlich, und als dann ihre Mutter das Zeichen gibt, dass ihr Vater kommt, sind alle ganz ruhig im Garten.

Sie hören ihn und seinen Freund in der Küche und ihre Mutter ruft sie in den Garten. Es ist unbezahlbar, den überraschten Gesichtsausdruck ihres Vaters zu sehen, als ihm alle ein fröhliches

Geburtstagslied singen und er entdeckt, wer alles bei ihm im Garten steht. Sie haben es tatsächlich geschafft, ihn zu überraschen.

Es wird lauter, alle begrüßen ihren Vater, der eine kleine spontane Ansprache hält, das Buffet wird eröffnet und Sophie kuschelt sich an ihren Vater, während er sich mit seinen alten Klassenkameraden unterhält. Es ist gemütlich, ihr Garten ist in bunte Herbstfarben getaucht und überall hängen Lampions, wenn es später dunkel wird. Vorher lotsen sie aber alle ihren Vater auf die Straße, wo er das Laken über seinem richtigen Geschenk lüftet und seinen Oldtimer entdeckt.

Da wird aus dem sechzigjährigen stolzen Mann, den sie über alles liebt, wieder ein kleiner Junge, der mit funkelnden Augen einen seiner ältesten Träume ansieht. Mit seinen Freunden bleibt er noch lange beim Auto stehen und fährt es stolz in die Garage, während sie die Lampions anschalten und die Kerzen auf dem Kuchen anzünden, da langsam der Abend anbricht.

Sophie setzt sich mit ihren alten Schulfreunden um ein kleines Lagerfeuer und sie braten Marshmallows, während gegrillt wird. Sie reden viel über die alte Schulzeit, Shawn sitzt neben ihr, und wenn Sophie einen Moment die Augen schließt, könnte sie wirklich glauben, es wäre einige Jahre früher. Sophie begreift, was für eine schöne Kindheit und Jugend sie hatten.

Sie sitzen lange zusammen und Sophie spürt, wie sehr ihr ihr Zuhause fehlt. Alle fragen sie über ihr neues Leben aus, auch wenn sie es liebt und ihren Laden nicht aufgeben möchte, fühlt sie sich doch zu wohl hier, als für immer in Puerto Rico bleiben zu wollen.

Am nächsten Tag schläft sie wieder lange aus. Danach schlendert sie mit ihrer Mutter durch die Innenstadt, besucht eine alte Freundin, die bald heiraten wird, und am Abend geht sie mit ihrer Mutter und ihrem Vater essen. Es ist diese Vertrautheit, die ihr so gefehlt hat. In Puerto Rico mit ihrem eigenen Laden hat sie nicht sehr viel von dieser Zeit, die ihr eigentlich so wichtig ist.

Als sie am darauffolgenden Morgen in die Küche kommt, stellt ihr Vater ihr ein Müsli hin und hält seine Turnschuhe hoch. »Du musst dafür sorgen, dass dein Vater fit bleibt.« Sophie und Shay waren früher oft am Wochenende mit ihrem Vater joggen. Es ist so etwas wie eine kleine Tradition und es war beiden wichtig, dies auch nach Shays Tod fortzuführen. Doch sie war das letzte Jahr nicht einmal joggen und als sie nun ihrem Vater durch die herbstlichen Straßen zu den Feldern folgt, muss sie sich echt anstrengen, um mitzuhalten.

Doch auch ihr Vater ist nicht mehr ganz so schnell wie früher und sie joggen irgendwann gemütlich ihren alten Weg, erst die Felder entlang und dann zum Pier hinunter. Dort angekommen ringt Sophie nach Atem und sieht auf die vielen kleinen Boote und Möwen, die sich hier eingefunden haben.

Ihr Vater stellt sich neben sie und sie sehen zusammen auf das unruhige Wasser. »Wirst du Shawn noch einmal sehen?« Sophie blickt außer Atem zu ihrem Vater. »Bestimmt, aber wie kommst du darauf?« Ihr Vater lächelt und zwinkert ihr zu. »Na ja, ich habe euch zusammen gesehen und dachte, dass du so vielleicht einen Grund hast, wieder zurückzukommen.« Sophie lacht auf, sie weiß, dass ihr Vater das nicht ernst meint, doch sie erkennt auch in seinen Augen, dass ein wenig Hoffnung mitschwingt.

»Wer zuerst bei Macys Café ist, bekommt die leckeren Blaubeerpancakes.« Ihr Vater joggt los und Sophie will gerade hinterher, da bekommt sie eine Nachricht von Nicky. Sie hatten nur kurz gestern miteinander geschrieben, umso überraschter blickt sie nun auf seine Nachricht.

»Also, das Bed & Breakfast von Dorothy gefällt mir schon mal sehr gut hier in Padanaram Village.«

Sie liest die Nachricht dreimal und ihr Herzschlag beschleunigt sich ... Er ist hier.

Kapitel 7

So schnell hat Sophie ihren Vater noch nie eingeholt.

»Papa, ich muss unser Frühstück verschieben. Ich habe gerade einen Anruf bekommen und … muss weg.« Ihr Vater blickt sie überrascht an und blickt auf die Uhr. »Na gut, dann hole ich deine Mutter ab und wir fahren in die Stadt zum Einkaufen. Ich hatte ihr das eh versprochen, aber wir wiederholen das die Tage.« Sophie nickt nur und sie laufen zum Haus zurück. »Was auch immer du zu tun hast, muss ja sehr wichtig sein, dein Lauf ist doppelt so schnell wie auf dem Hinweg.« Dankbar dafür, dass sie schon verschwitzt ist und sicherlich auch eine gute Gesichtsröte zu haben scheint, lächelt sie nur und joggt direkt in ihr Badezimmer zum Duschen.

Er ist da. Mit allem hätte sie gerechnet, aber nicht damit. Sie haben nur kurz miteinander gesprochen. Sie konnte nicht glauben, dass er hier ist. Er hat ihr erklärt, dass er übermorgen einen Termin in New York hat und dachte, er sieht sich für zwei Tage mal ihre kleine Stadt in Massachusetts an. Sophie hat ihm gesagt, dass sie sich fertig macht und zu ihm ins Bed & Breakfast kommt und ihm dann die Stadt zeigen wird.

Unter der Dusche kann sich Sophie kaum beruhigen; dass er jetzt hier ist, bedeutet einiges. Sie war sich bisher nicht so sicher, ob auch von seiner Seite dasselbe Interesse besteht wie bei ihr, doch nun mit diesem Besuch hat sie die Antwort. Mit diesem Wissen fällt es ihr noch schwerer, etwas Passendes zum Anziehen zu finden. Natürlich hat sie nicht alles mitgenommen, sie hat in Puerto Rico auch kaum Kleidung, die herbsttauglich wäre, doch sie hat ihre alten Herbst- und Wintersachen noch hier. Daraus etwas zu zaubern, was ihr auch jetzt noch gefällt, ist dann aber doch nicht so leicht.

Letztlich entscheidet sie sich für einen braunen Rock, blickdichte Strumpfhosen, die Stiefel im selben Braunton, sowie einen creme-farbenen Strickpullover, der etwas Schulter zeigt. Sie lässt ihre

Locken offen und schminkt sich, bevor sie ihre Winterjacke überzieht und schnell aus dem Haus geht.

In nicht einmal zehn Minuten ist sie am Bed & Breakfast und geht direkt zur Rezeption zu Dorothy, die in einer Zeitung blättert. Ihr gehört das kleine Hotel am Wald, es hat nur wenige Zimmer, die sind aber mit sehr viel Liebe und Gemütlichkeit eingerichtet und sie bereitet jeden Morgen leckeres Frühstück zu.

Sophie hat sich früher hin und wieder in den Ferien Geld dazuverdient, indem sie hier ausgeholfen hat und kennt Dorothy sehr gut. »Hallo, habe ich gestern etwas vergessen, oder was verschafft mir die Ehre, meine kleine Sophie mal wieder hier begrüßen zu dürfen?« Natürlich, sie war so aufgeregt, dass sie nicht darüber nachgedacht hat, was die anderen sagen werden, dass sie Besuch hat. Hier in Padanaram Village verbreiten sich Neuigkeiten schneller als Erkältungen, doch Sophie hat keine Wahl.

»Hier müsste heute ein Mann angekommen sein.« Dorothy legt ihre Zeitung weg und hebt die Augenbrauen. »Allerdings, du meinst den breiten dunklen Mann mit den schönen Mandelaugen und den großen Händen?« Sophie muss leise lachen und nickt. »Ich schätze schon.« Dorothy klatscht in die Hände. »Du hattest schon immer einen guten Geschmack, er ist im Boston-Zimmer.«

Sophie geht zur Treppe und lacht noch immer, am liebsten würde sie ihr sagen, dass es nicht so ist, wie sie denkt, doch irgendwie kann sie das gar nicht.

Mit klopfendem Herzen läuft Sophie den Flur mit Holzdielen entlang und klopft am Boston-Zimmer. Sie hört Schritte und als dann die Tür geöffnet wird und sie wieder in Nickys Gesicht blickt, fällt ein wenig ihrer Aufregung ab. Nicky strahlt und tritt zur Seite, um sie hereinzulassen.

»Du hast mich wirklich überrascht.« Er schließt die Tür. »Das war sehr spontan, dir steht das kalte Wetter.« Ohne zu zögern umarmt Nicky sie; etwas unsicher, ob sie ihm einen Kuss geben soll, umarmt sie ihn zurück und ist froh, dass er ihr diese Entscheidung abnimmt und ihr einen leichten Kuss auf den Mund drückt.

»Also wenn du das hier schon kalt nennst, solltest du lieber keinen Winter hier verbringen. Ich hoffe, du hast etwas Warmes zum Anziehen eingepackt.« Nicky trägt nur eine Jeans und ein Shirt, doch er deutet zu einer Reisetasche am Boden. »Natürlich, in New York ist es zurzeit auch ungemütlich.« Sophie muss lachen und sieht sich um. Hier hat sich nichts verändert. Das gesamte Zimmer besteht aus Holz. Der Boden, die Möbel, die Wände sind in einem leichten Cremeton gehalten, genau wie der Kamin, der in allen Zimmern steht. Es gibt ein gemütliches Bett, einen Schrank, eine kleine Sitzecke und ein Bad.

Gemütlich und sauber, aber vor allem hat man einen atemberaubenden Ausblick auf den bunten Wald.

»Also ungemütlich ist es hier nicht. Was hältst du davon, wenn ich dir die Stadt zeige? Und ich wette, heute Abend bist du in meine Heimat verliebt.« Nicky zieht sich einen Hoodie und eine dicke Jacke über, dazu einfache Sneakers. »Da bin ich aber mal gespannt.« Er hält Sophie die Tür auf und sie verlassen das Bed & Breakfast wieder, unter dem begeisterten Blick von Dorothy.

Als sie auf dem Parkplatz gehalten hat, ist ihr der schwarze SUV-Mietwagen gar nicht aufgefallen, den Nicky jetzt ansteuert. Sophie deutet auf ihren kleinen Wagen und fragt, ob sie damit fahren wollen, doch Nicky hat Zweifel, dass er da hineinpasst und schiebt sie lachend zum SUV.

Sie verstehen sich. Das ist ihr gleich aufgefallen, sie haben einen ähnlichen Humor und gehen sehr ungezwungen miteinander um. Man spürt bei ihnen beiden eine gute Portion Neugierde, doch auch noch eine gewisse Vorsicht. Alles in allem fühlt sich Sophie sehr wohl mit Nicky und sobald sie im Auto wieder seinen Duft inhaliert, hüpft ihr Herz aufgeregt in ihrer Brust.

Sie weist ihm den Weg in die Innenstadt, dabei beobachtet sie ihn von der Seite, achtet auf seine großen dunklen Hände, sein hübsches Profil und das bezaubernd ansteckende Lächeln. Nicky erklärt ihr, dass er das erste Mal wegen ihr mit einem Linienflugzeug geflogen ist. Eigentlich haben die Da Silvas, die Firma oder Familia wie er es nennt, eigene Flugzeuge, doch die anderen kommen erst in zwei Tagen nach New York und er wollte nicht für sich alleine ein Flugzeug starten lassen. Als er erzählt, wie ungewohnt es für ihn war, sich nicht bewegen zu können und so lange auf dem Stuhl sitzen zu müssen, muss Sophie loslachen. Man könnte meinen, ein eingeschnappter zu groß gewachsener Junge erzählt ihr das gerade.

In der Stadt fällt das teure Mietauto gleich auf, doch Sophie versucht, die Blicke der anderen zu ignorieren. Sie ist nun eine erwachsene Frau und es kann ihr egal sein, was andere tuscheln.

Als Erstes kommen sie an der Highschool vorbei und Nicky besteht darauf, sie sich anzugucken. Es ist eine typische High school, wie man sie aus Serien kennt. Mit großem Footballfeld, riesiger Cafeteria und einer bunten Schar aus Jugendlichen.

»Ich kann mir vorstellen, dass du hier so eine richtig beliebte Cheerleaderin warst und mit den gefährlichen Football-Jungs ausgegangen bist.«

Sie setzen sich einen Moment auf eine Bank in die Sonne unter einen Baum und Sophie blickt auf ihre alte Highschool. »Das sind nur Vorurteile, ich war erst die letzten zwei Jahre Cheerleaderin und bin nur mit einem Jungen aus der Mannschaft ausgegangen.« Sie beide lachen und bleiben noch etwas dort sitzen. Die Herbstsonne wärmt sie und als sie dann weiterfahren, halten sie auf der Geschäftsstraße.

In ihrer kleinen Stadt gibt es das Nötigste. Einige kleine Geschäfte, wenn man mehr sucht oder etwas Bestimmtes, muss man immer in die großen Geschäfte fahren, doch das hat sie nie gestört. Sie laufen zusammen über die kleinen Straßen, gehen in einen Dekorationsladen, kaufen Bagels in der Bäckerei und besuchen

Nelly. Als Nicky den Laden sieht, versteht er, wieso ihr Laden aussieht wie eine Strandversion dieses tollen Ladens.

Nelly macht Pause und sie unterhalten sich über die Läden und über Puerto Rico. Als Nicky einen Anruf bekommt, sich entschuldigt und vor die Tür geht, sagt Nelly ihr, wie beeindruckt sie ist. Nicky ist ein toller Mann und man muss blind sein, um das nicht zu erkennen.

Sein Telefonat dauert einige Zeit und sie sehen sich währenddessen in einem Katalog neue Ware an. Sophie macht gleich eine Bestellung und als Nicky dazukommt, essen sie noch einen Kuchen zusammen und dann erst laufen sie weiter. Man spürt, dass Nicky sich wohlfühlt. Sie laufen über den kleinen Wochenmarkt an der Kirche vorbei und Sophie begrüßt immer wieder die Leute, die sie alle kennt. Sie weiß, dass alle neugierig sein werden, wer der Mann an ihrer Seite ist, doch da sie in einigen Tagen wieder hier weg sein wird, wird sie auch nicht diejenige sein, die Fragen beantworten muss.

Nachdem sie die Einkaufsstraßen durchquert haben, kommen sie an die Felder am Ende der Stadt, wo Kühe, Ziegen und Pferde auslaufen. Man sieht die dazugehörigen Bauernhöfe nur von Weitem. Beim Stehenbleiben wendet sich Sophie neugierig zu Nicky um und sieht ihm in die Augen. »Und, wie gefällt dir Padanaram Village, ist das ein Ort zum Verlieben?«

Nicky steht nah vor ihr und seine Hände umfassen ihre Hüften. »Auf jeden Fall.« Sie sind sich die ganze Zeit immer näher gekommen. Nicky hat hin und wieder nach ihrer Hand gegriffen, sie umfasst, seine Hand auf ihren Rücken gelegt und ihr etwas ins Ohr geflüstert, doch als er sich jetzt zu ihr beugt und eine seiner Hände an ihre Wange legt, schließt Sophie voller Vorfreude die Augen. Sie hat es vermisst, ihn so zu spüren.

Seine warmen Lippen treffen auf ihre und im selben Moment schmiegt sich Sophie an ihn und ihre Arme legen sich um seine Schultern. Sie küssen sich erst sehr zärtlich, doch dann zeigen sie sich auch, dass sie diese Nähe vermisst haben. Sophie kann sich nicht daran erinnern, dass sie es schon einmal so sehr genossen hat, einen Mann zu küssen.

In diesem Moment ist es völlig egal, wo sie beide sind, es gibt nur sie zwei. Während Nicky den Kuss löst, streicht er mit dem Finger über ihre Wange und sieht ihr in die Augen. Ihre hellen Augen versinken in seinen dunklen, sie wünschte, sie könnte erahnen, was hinter diesem etwas überraschten Ausdruck steht, doch im selben Moment ist er dabei, ihre Lippen ein weiteres Mal zu vereinen, was allerdings von lautem Klingeln ihres Handys unterbrochen wird. Da es in ihrer Jackentasche ist, kann man es auch nicht ignorieren.

Ihr Vater ruft sie an und fragt, wo sie ist. Ihre Eltern wollen das neue Restaurant am nächsten Pier ausprobieren, doch Sophie erklärt, dass sie Besuch hat. Das lässt ihren Vater natürlich kurz stocken, doch dann sagt er sofort, dass das doch kein Problem sei und sie beide kommen sollen.

Nicky steht so nah bei ihr, dass er alles hört und sie sieht ihn fragend an. Welcher Mann möchte beim zweiten Kuss schon die Eltern der Frau kennenlernen? Auch sie würde das nicht wollen, doch Nicky zuckt ganz unbekümmert die Schultern und sagt, dass er auch langsam wieder Hunger hat. Sophie hat ihren Eltern noch nie einen Mann vorgestellt, so etwas erübrigt sich in einer kleinen Stadt wie ihrer, sie kennen alle Jungen und Männer aus der Umgebung und es fühlt sich komisch an, als sie dem Essen zustimmt. Komisch, aber auch nicht falsch.

So kommen sie noch dazu, sich den Hafen und den Pier anzusehen, bevor sie über die Brücke zur nächsten kleinen Hafenstadt fahren und vor dem neueröffneten Restaurant halten. Ein wenig nervös ist sie schon, als sie auf den Tisch zusteuern, an dem ihre Eltern sitzen, die sofort aufstehen, als sie sie beide auf sich zukommen sehen.

Sophie versucht, sich nichts anmerken zu lassen, als sie die drei vorstellt. Nicky wirkt sehr entspannt und begrüßt ihre Eltern sehr höflich. Sie setzen sich und ihr Vater sieht sie neugierig an. »Du wohnst also genau wie Sophie in Puerto Rico? Das ist sehr nett, dass du sie hier besuchst.« Ein Kellner bringt ihnen die Speisekarten.

»Ja, um ehrlich zu sein, hat mich ihr Laden sehr neugierig auf diese Stadt hier gemacht und ich wurde nicht enttäuscht. Es ist sehr gemütlich hier.« Damit hat er schon einen Pluspunkt gemacht, ihr Vater liebt seine Heimat. Ihre Mutter weiß das und lächelt, sie scheint Nicky sympathisch zu finden.

»Und woher kennt ihr beide euch?« Sophie schließt ihre Speisekarte und auch Nicky scheint schon etwas gefunden zu haben. »Nicky kümmert sich um die Sicherheit meines Ladens.« Nun strahlen die Augen ihres Vaters und er reicht Nicky erneut die Hand. »Damit sind sie ab jetzt mein allerbester Freund. Nichts ist mir wichtiger als die Sicherheit meiner Tochter.« Sie alle müssen lachen und damit ist das Eis endgültig gebrochen.

Es ist ein gemütlicher Abend. Sie sprechen viel über die Firma ihres Vaters und auch ein wenig über die Sicherheit in Puerto Rico und wie schwer es ist, dort einen Laden zu führen. Außerdem beginnt ihre Mutter, nachdem sie alle eine leckere Pizza gegessen haben, beim Nachtisch auch einige Geschichten aus Sophies Kindheit zu erzählen.

Eigentlich wäre solch ein Abend schön, wenn man einige Monate zusammen ist, sich etwas besser kennt, doch sie beide haben sich erst einige Male getroffen und doch scheint auch Nicky den Abend zu genießen.

Sie erzählen ihm von ihrer Tradition am Lagerfeuer, mit Marshmallows und heißer Schokolade einen schönen Abend ausklingen zu lassen und ehe Sophie groß drüber nachdenken kann, beschließen sie, das auch heute zu tun.

»Ich hoffe, dass dir das nicht unangenehm ist. Ich kann mir auch noch eine Ausrede einfallen lassen und ...« Sobald sie im Auto sitzen und hinter ihren Eltern herfahren, entschuldigt sich Sophie für diese Überrumpelung, doch Nicky sieht ihr verständnislos in die Augen.

»Nein, ich freue mich auf heißen Kakao und Marshmallows, es sei denn, du möchtest das nicht ...« Sophie hebt die Hände. »Doch, natürlich. Ich dachte nur, weil ... normalerweise verschreckt so etwas einen Mann doch eigentlich sehr schnell.« Nicky lacht leise auf.

»Mich nicht. Ich hatte nie eine Familie und ich mag es zu sehen, wie es sich anfühlt, wenn man eine hat. Deine Eltern lieben dich sehr.« Nun sieht er sie ernst an. Natürlich, sie hat seine Geschichte ganz vergessen und bekommt sofort ein schlechtes Gewissen. »Ich weiß und ich denke, du wirst den Kakao meiner Mutter lieben, sie macht den allerbesten.«

Während ihr Vater das Feuer anzündet und ihre Mutter den Kakao zubereitet, zeigt Sophie Nicky das Haus. In ihrem Zimmer sieht sich Nicky länger um.

Er belächelt ihre Highschool-Fotos und sieht sich ihre Medaillen an, bevor sie nach unten in den Garten gehen und sich mit Decken und an Stöcken aufgespießten Marshmallows ans Feuer setzen.

Es ist immer gemütlich, wenn sie das tun, doch dieses Mal ist es etwas ganz Besonderes. Nicky lobt den Kakao ihrer Mutter, den sie wirklich sehr lecker zubereitet und so kommen sie auf die Küchen der jeweiligen Länder. Als ihre Mutter, die es liebt zu reisen, erfährt, dass Nicky viel unterwegs ist und wo er schon alles war, ist sie nicht mehr zu bremsen.

Nicky erzählt auch, dass er übermorgen nach New York weiterfliegt und dass sie dort eine andere Sicherheitsfirma ausstatten werden und ihr Vater wirkt immer beeindruckter. Als ihr Vater dann fragt, was sie morgen noch machen wollen, lehnt sich Sophie zurück und lächelt.

»Ich dachte, da Nicky so sportlich ist und sich unsere Stadt eh richtig ansehen möchte, zeige ich ihm Padanaram Village von oben.«

Ihr Vater hebt die Augenbrauen und reicht Nicky die Schüssel mit Marshmallows.

»Na dann, stärke dich mal lieber gut!«

Kapitel 8

»Da bin ich aber mal gespannt, ob dir dein Sport hierbei helfen wird.«

Sophie deutet zu dem Berg, den sie hinaufwandern werden. Nicky lacht leise auf und legt den Arm um sie. »Die Frage ist eher, ob du den Weg noch kennst? Wie lange ist es her, dass du das letzte Mal hier raufgegangen bist?« Sie wendet sich zu ihm um, ohne dass er den Arm um sie herunternimmt und somit umfasst er sie gleich, als auch ihre Hände sich um seine Taille schlingen und sie sich hochstreckt, um ihn auf den Mund zu küssen. »Das ist egal, ich bin hier geboren. Wir sind früher einmal im Monat da rauf und haben dort gezeltet. Vertrau mir, ich kenne hier alle Wege bestens.«

Nicky grinst sie an und erwidert ihren Kuss. »Da wird mir wohl nichts anderes übrigbleiben, als dir zu vertrauen.«

Der Abend gestern war wirklich schön. Im Grunde der ganze Tag. Es fühlt sich plötzlich alles so intensiver an. In Puerto Rico sind sie sich sehr langsam nähergekommen, der gestrige Tag hat das ein wenig geändert. Sie hat das Gefühl, ihn besser zu kennen, sie sind vertrauter. Sie saßen noch lange zusammen, bevor er ins Bed & Breakfast zurückgefahren ist.

Ihre Mutter hat ihr gesagt, dass sie ganz begeistert von Nicky ist. Sie findet, er ist ein höflicher junger Mann, der genau zu wissen scheint, was er will und dazu sieht er sehr gut aus. Sie hat Sophie gleich gesagt, dass sie ihn bloß nicht so schnell gehen lassen soll. Natürlich kennt sie ihre Tochter. Bei Sophie ist das meistens so, dass sie einen Mann am Anfang toll findet, doch dann verliert sich das meistens und ihr Interesse schwindet. Vielleicht war sie bisher einfach nicht bereit, sich wirklich auf einen anderen Menschen einzulassen. Die letzten Jahre war auch immer viel los in ihrem Leben und jetzt ist vielleicht wirklich ein guter Zeitpunkt, sich emotional ganz auf jemand anderen einzulassen.

Als sie die Augen wieder öffnet und diesen süßen Kuss beendet, blickt sie direkt in Nickys Augen. Einen Moment sehen sie sich schweigend an und die Intensität dieses Blickes lässt sie eine Gänsehaut bekommen, ja, vielleicht ist es wirklich ein guter Zeitpunkt, sich Hals über Kopf zu verlieben und dass sie gerade dabei ist, spürt sie genau.

Auch ihr Vater mag Nicky und das bedeutet etwas. Heute Morgen hat sich Sophie ihre Wanderleggins, einen dicken Hoodie, einen Schal und ihre alten Wanderstiefel angezogen. Sie hat ihren Rucksack gepackt und auch einige Wandersachen ihres Vaters eingepackt, weil sie sich gedacht hat, dass Nicky keine Ahnung hat, wie man sich am besten zum Wandern ausstattet und auch nicht wusste, ob er überhaupt etwas Passendes dabei hat, doch die Wandersachen sind bei ihr im Auto geblieben.

Zu ihrer Verwunderung hat er sie bereits mit Jogginghosen, einem Hoodie und festen Sneakers erwartet. Sophie hat nur noch zwei Regenjacken eingesteckt und sie sind losgefahren.

Mit dem Auto haben sie direkt am Anfang des Berges gehalten, am Startpunkt ihres alten Wanderweges. Nicky hat recht, sie ist schon eine ganze Weile nicht mehr hier gewesen, sicherlich drei oder vier Jahre. Irgendwann haben sie sich geweigert, wandern und zelten zu gehen und durch den Tod von Shay hat sich all das eh geändert. Sie freut sich, als sie sich dem Berg zuwendet und diese wunderschöne Natur wiedersieht.

Das hier kann man mit nichts vergleichen. Sie stehen vor einem der Berge, die Padanaram Village umgeben. Die ganze Landschaft ist in wunderschöne Orange- und Rottöne getaucht; wenn etwas den Herbst verkörpert, dann das hier. »Na, dann sehen wir uns deine Stadt mal von oben an.« Nicky umfasst ihre Hand und in Sophies Bauch beginnt es zu kribbeln.

Am Anfang laufen sie noch entspannt nebeneinander. Nicky erzählt ihr, dass sie früher als Trainingseinheit immer mal wieder in eine bergige Region Puerto Ricos gefahren sind. Dort sind sie auch auf Berge geklettert. Natürlich schneller, die Berge waren steiniger und das alles bei glühender Hitze. Der erste Teil ist auch sehr entspannt und schön. Sie sehen Eichhörnchen, Pilze und treffen immer wieder andere Leute.

Dann wird der Weg enger und sie kommen höher. Sie können nicht mehr nebeneinander laufen, sondern müssen hintereinander bleiben. Durch die dichten Bäume wirkt auch alles dunkler, man kommt sich vor, als würde man in einem rotorangenen Farbenmeer spazieren.

Sophie hätte darauf gewettet, dass Nicky schlapp macht. Er ist das Wandern nicht so gewohnt wie sie, doch knapp nach der Hälfte des Weges fällt ihr das Reden und Laufen immer schwerer und sie merkt, dass die Jahre, die sie hier nicht oben war, doch nicht ganz so spurlos an ihr vorübergegangen sind. Sie kommt immer mehr außer Puste und als Nicky das merkt, wartet er grinsend auf sie.

»Früher habe ich das ohne Probleme geschafft.« Nicky zuckt die Schultern. »Wenn du möchtest, können wir auch hier Pause machen, auch von hier hat man schon einen schönen Ausblick. Sophie schüttelt den Kopf, bleibt stehen und atmet durch. »Nein, nein, das ist noch gar nichts. Vertrau mir. Ich schaffe das schon, es ist nicht mehr lang.«

Sie selbst weiß, dass das nicht stimmt. Sie wandern noch zwanzig Minuten steil hoch, doch dann kommen sie endlich oben an, zumindest zum höchsten Punkt, den man besteigen kann. Sophie hält sich die Seiten und holt tief Luft. Sie gehen zu der Aussichtsplattform, die mit Rasen bedeckt ist, genau an einer Bergquelle, die hier oben im Berg durchfließt.

Einen Moment bleiben sie beide stehen und sehen auf das Panorama, was sich ihnen bietet.

Sophie hat das schon so oft gesehen und doch kommt es ihr in diesem Moment so vor, als würde sie all das das erste Mal sehen.

Man kann über ganz Padanaram Village sehen. Es ist ein wunderschönes Bild, bunt und friedlich.

Da es immer Leute gibt, die hier zelten, hat Sophie Nicky extra zu dieser Stelle gebracht, hier sind sie ungestört und haben doch einen guten Ausblick. »Das ist wirklich den Aufstieg wert.« Nicky sieht beeindruckt nach unten und legt den grauen Rucksack ab, den Sophie mitgenommen hat und bei dem er darauf bestanden hat ihn zu tragen.

Sie holt aus dem Rucksack die Decke, die sie eingepackt hat und sie setzen sich so hin, dass sie weiter diesen Ausblick genießen können. Sophie holt Getränke und Obst heraus und eine Packung Kekse. Dabei legt sie die Taschenlampe, die Regenjacken und die Töpfe weg, die sie dabei hat. »Was willst du mit den Töpfen? Hast du vor, hier zu kochen?« Sophie reicht ihm ein Getränk und die Kekse.

»Nein, das ist ein Trick meines Großvaters. Es passiert selten, aber falls man mal Tieren begegnet, die nicht so niedlich wie Eichhörnchen sind, kann man sie damit vertreiben.« Nicky lacht auf. »Willst du sie damit erschlagen?«

Sophie legt den Rucksack weg und setzt sich neben ihn. »Nein, Lärm machen und sie verschrecken. Was würdest du denn machen, wenn plötzlich ein Wolf oder ein Grizzly vor dir steht?« Er legt wieder den Arm um sie und dieses Mal lehnt sie zufrieden ihren Kopf an seine Schulter. »Ich möchte jetzt gar nicht in Frage stellen, dass du stark bist, doch ich denke, bei gewissen Tieren sind auch deine Grenzen erreicht.« Gespielt empört sieht er zu ihr. »Also ich habe nicht schlapp gemacht auf dem Weg nach oben, und mir würde sicher auch etwas Besseres einfallen, als Töpfe zu klappern.«

Sie hält die Kekspackung hoch. »Eine Alternative wäre auch, Kekse aufzuheben und wenn wir einem Tier begegnen, sie hinzuschmeißen, das Tier abzulenken und zu rennen.« Nicky lacht auf und Sophie ist glücklich, dass sie beide sich so gut verstehen. Sie erzählt ihm von ihren vielen Ausflügen hierher und wie sie hier oben übernachtet haben. Auch von ihrem Großvater und seinen Geschichten über die Tiere, die er auf solchen Wanderungen getroffen hat.

Sie hat ihn auf dem Geburtstag ihres Vaters gesehen. Er lebt noch immer in seinem Haus drei Straßen weiter. Eigentlich sollte sie ihn heute besuchen, doch wegen Nicky hat sie das auf morgen verschoben. Seit einem Jahr lebt er nun alleine in dem Haus. Ihre Großmutter ist kurz bevor sie nach Puerto Rico geflogen ist gestorben. Ihr Großvater sagt immer, es hat ihr das Herz gebrochen, eines ihrer Enkelkinder zu Grabe tragen zu müssen.

Auch wenn er nun alleine ist, hat er immer viel zu tun. Er trifft sich mit Freunden zum Dart oder Karten spielen und geht täglich bei der Arbeit seines Sohnes vorbei. Sophie liebt es, Zeit mit ihm zu verbringen und freut sich schon auf morgen, doch erst einmal wird sie den Tag mit Nicky verbringen.

Wenn sie beide zusammen sind, verfliegt die Zeit. Sie reden viel miteinander, wobei meistens Sophie etwas erzählt. Hin und wieder spricht auch Nicky von seinem Leben, doch darin scheint es vor allem um die Da Silvas und seine Arbeit zu gehen. Sie hat mitbekommen, dass sie viel feiern und auch oft Spaß mit Frauen haben. Nicky mag schnelle Autos und er hat mehr als offensichtlich viel Geld, doch viel mehr erfährt Sophie nicht und muss sich immer wieder ins Gedächtnis rufen, dass er keine Familie hat.

Sie hätten wahrscheinlich auch länger zusammensitzen können, doch die Wolken über ihnen ziehen immer mehr zu und bevor sie noch in einen Regenschauer kommen, packen sie nach knapp zwei Stunden auf dem Berg wieder ein. Abwärts geht es bekanntlich immer schneller, wobei Nicky sie einmal wirklich erschreckt, als er so tut, als hätte er einen Bären gesehen.

Nur wenige Minuten vor ihrer Ankunft bei den Autos fallen die ersten Tropfen und Sophie will die Regenjacken herauskramen, doch wie so oft hier steigert sich der Regen binnen Sekunden so stark, dass sie es gar nicht schafft, Nicky ihr die Hand reicht und sie beide zusammen zum Auto rennen und klitschnass einsteigen.

Doch auch das trübt diesen schönen Tag nicht. Nicky dreht die Heizung auf und fährt los und Sophie lacht, als sie sich entschuldigt, dass sie nun die Ledersitze des Wagens nass machen. Nicky stört das gar nicht, er macht sich eher Sorgen, dass sich Sophie eine Erkältung einfangen könnte. Sie sind beide bis auf die Haut durchnässt.

Nicky beeilt sich, auch wenn die Autoheizung sie etwas wärmt, müssen sie aus den Klamotten raus. Das nächste Ziel wäre das Bed & Breakfast, und da es immer noch so stark regnet, rennen sie beide in das kleine Hotel.

Zum Glück ist heute nicht Dorothy an der Rezeption, sondern ihre Vertretung, die Sophie kaum kennt. Sie sagt, dass sie ihnen gleich zwei heiße Tassen Kakao machen wird und Nicky fragt nach noch mehr Handtüchern. Er wartet unten und Sophie geht schon hoch in sein Zimmer. Dort zieht sie sich erst einmal den Hoodie aus.

Die Heizung ist aufgedreht und sie legt ihren Hoodie darüber, doch die Heizungen hier sind zu alt, um alles zu wärmen und so zündet Sophie auch den Kamin an. Als ein gemütliches Feuer brennt, geht sie ins Bad, zieht sich alles weitere aus und zieht sich den weichen Bademantel an, der hinter der Tür hängt.

Sie hängt all ihre Sachen über die Heizung, in dem Moment kommt Nicky mit zwei Handtüchern unterm Arm und zwei großen Tassen mit dampfendem Kakao. Sophie hilft ihm und nimmt alles ab. Auch er geht ins Bad und zieht sich aus. Währenddessen trinkt Sophie ihren Kakao und legt auf den weichen runden Teppich vor dem Kamin noch zwei große Kissen, auf die sie sich setzen können.

Langsam wird ihr wärmer und als Nicky aus dem Bad kommt und sie auf seinen perfekt durchtrainierten Oberkörper blickt, wird ihr sogar noch wärmer.

Er trägt nur eine Jogginghose, sein Oberkörper sieht aus wie auf einem der Bilder, die sich Frauen manchmal schicken, von sexy Männern mit Weihnachtsmütze oder einer Pfanne in der Hand. Nicky würde ohne Probleme solche Bilder machen können.

Etwas zu schnell wendet sie ihren Blick wieder ab und deutet ihm, sich zu ihr zu setzen. »Das ist das Wichtigste hier unten. Ein gutes Feuer und Kakao sind im Herbst und Winter unverzichtbar.« Nicky setzt sich und seufzt leise auf, statt auf das Kissen setzt er sich davor und lehnt sich an. »Auf Berge zu steigen ist für mich kein Problem, solch ein Wetter würde ich auf Dauer nicht aushalten.« Sophie muss lachen und sieht zu ihm. »Auch daran gewöhnt man sich.«

Nicky wendet sich zu ihr um und sein Blick wandert zu ihren Waden und den nackten Füßen, die unter dem weichen Bademantel zu sehen sind. »Wahrscheinlich nur, wenn man hier etwas hat, für das es sich lohnt, solch eine Kälte auszuhalten.« Sophie spürt, wie sie rot wird und sieht auf seine Arme.

Er hat einen massigen Bizeps. Sophie würde ihn nicht umfassen können. »Was bedeuten deine Tattoos?« Nicky sieht auf seine Arme. Auf dem rechten Oberarm steht ein Datum. »Das ist das Datum, an dem ich zu den Da Silvas gekommen bin.« Auf dem linken Oberarm steht verschlungen La Familia und kleiner darunter Da Silva. Das ist eindeutig. Er schiebt sich die Jogginghose nach oben und auf seiner rechten Wade ist ein großes Kreuz eintätowiert. »Das steht für meine Liebe zu Gott.« Sophie lächelt.

»Hast du Tattoos?« Sie nickt. Umständlich öffnet sie leicht den Bademantel, sich Nickys Blick auf ihr wohl bewusst. Sie öffnet ihn so, dass man einen Teil ihres Bauches und ihre Rippen sieht, ihre Brüste und der untere Teil aber weiter bedeckt sind.

Nicky sieht auf ihre linke Rippe am Herzen, an der das Geburtsdatum von Shay und ihre Namen tätowiert sind, darüber zwei Engelsflügel, alles sehr zart, doch ihr bedeutet dieses Tattoo viel.

Sie hatte nicht vor, sich jemals eines stechen zu lassen, doch sie wusste, dass das etwas ist, was niemals vergeht.

Nicky wendet sich komplett zu ihr um, um es besser sehen zu können. Er hat seine Tasse beiseitegestellt und als er seine Hand an das Tattoo legt und zart darüber streicht, flattert ihr Herz nervös in ihrer Brust. »Das ist sehr schön.«

Seine Hand verweilt an der Stelle, sein Blick gleitet zu ihr nach oben und Sophies Hand fährt an seine Wange, als er ganz zu ihr rückt und sie küsst.

Bisher waren ihre Küsse immer zärtlich und schön, dieses Mal ist es sofort intensiver. Ihr Kuss wird schneller, fordernder und Nickys Hand wandert unter dem Bademantel höher. Als seine Fingerkuppen über ihre Brust streichen, seufzt Sophie leise in den Kuss hinein und Nicky öffnet den Bademantel, als hätte er nur auf diese kleine Bestätigung gewartet, dass auch sie bereit für mehr ist.

Seine Lippen verlassen ihre, fahren ihre Wange und ihren Hals hinab und er streicht ihr den Bademantel vom Körper. Ganz nackt vor Nicky zu sein, sollte sich ungewohnt anfühlen, doch das tut es nicht. Sophie spürt in jeder Sekunde, wie erfahren Nicky ist. Er dirigiert sie auf das Bett, vor dem sie sitzen und sobald sie die kühlen Laken unter sich spürt, schlingt sie ihre Arme um Nicky, der ihre Lippen wieder vereint.

Es ist all das zusammen:

Nicky, die Neugierde, ihre noch feuchte Haut und Haare, das knisternde Feuer im Kamin, die absolute Stille, sie hören nur ihre Herzen schlagen, und als Nicky diesen Kuss beendet, blickt er an ihr herab und ein leichtes Lächeln setzt sich auf seine Lippen.

Schwerer atmend blickt sie ihm in die dunkelbraunen schönen Augen, während seine Hände über ihren Körper gleiten und in ihrer Körpermitte ankommen und er sich dann mit seine Lippen ihren Brüsten widmet.

Er nimmt sich Zeit. Viel Zeit. Als wäre das eine Art neues Kennenlernen. Sophie seufzt auf, stöhnt und gibt sich komplett in

Nickys Hand. Als sie die Augen öffnet und auf seine breiten Schultern blickt, streicht sie über seine Arme und zieht ihn zu sich, um ihn verlangend zu küssen. Sie will mehr. Sophie möchte ihn endlich ganz spüren.

Das Bett beginnt unter ihren Körpern leicht zu quietschen und Sophie streicht Nicky die Jogginghose von den Hüften. Sie beiden werden immer ungeduldiger, bis Nicky sich endlich ganz zwischen ihre Beine legt und sie behutsam öffnet.

Als er in sie eindringt, küsst er ihre Stirn und ihre Blicke verfangen sich. In diesem Moment entsteht eine ganz neue, noch intensivere Verbindung zwischen ihnen und Sophie küsst seinen Hals entlang. Ihre Hände streichen über seinen Nacken, während Nicky den perfekten Rhythmus findet.

Ihre Atemzüge werden immer schneller, ihre Blicke treffen sich und Sophie wird in diesem Moment klar, dass das hier mehr ist … mehr als alles andere, was sie bisher gefühlt hat.

Kapitel 9

»Oh mein Gott, das hört sich alles so aufregend an. Also sag schon … bist du in ihn verliebt?«

Luisa beißt, noch völlig in Sophies Geschichte vertieft, in einen der leckeren Schokoladenmuffins, die sie eigentlich ihr mitgebracht hatte. Sophie ist seit drei Tagen zurück in Puerto Rico, doch da Luisa für zwei Tage mit Freundinnen in einem Spa war, eine kleine Auszeit nehmen, sehen sie sich erst heute wieder und Sophie hat ihr eine kleine Zusammenfassung ihres Urlaubs zu Hause gegeben.

Natürlich war das Wichtigste für Luisa der sehr überraschende Besuch von Nicky, und auch Sophie kann an nichts anderes mehr denken. In ihr flattern gefühlt Hunderte von Schmetterlingen durch den Bauch, wenn sie an diese zwei Tage denkt, die Nacht, die sie zusammen verbracht haben und auch der Abschied.

Sie haben sich geliebt und danach zusammen Pizza bestellt, einen Film gesehen und das Bett nicht mehr verlassen. Es war unglaublich romantisch vor dem Kamin, mit dem Regen und sie beide zusammengekuschelt im Bett. In dieser Nacht haben sie sich noch zweimal geliebt und als Sophie ihn am nächsten Morgen zum Flughafen gebracht und sich dort von ihm verabschiedet hat, hat sich alles zwischen ihnen so viel vertrauter angefühlt, als noch in dem Moment, wo sie ihn plötzlich im Bed & Breakfast getroffen hat vor zwei Tagen.

Natürlich hat sie auch die nächsten Tage noch genossen. Sie war bei ihrem Opa und hat viel Zeit mit ihrer Familie und alten Freunden verbracht, doch sie hat auch sehr viel an Nicky denken müssen. Sie haben sich geschrieben, Nicky hatte ihr gesagt, dass er es nicht sehr mag, Nachrichten zu schreiben und so wusste Sophie natürlich auch, dass es nicht böse gemeint ist, dass er immer ziemlich knapp und auch nicht sehr häufig schreibt oder antwortet. Doch nach diesen zwei sehr intensiven Tagen war das natürlich auch gleich solch ein starker Kontrast, dass sie nun seit ihrer Rückkehr in Puerto Rico gar nicht genau weiß, wie sie das, was da zwischen ihnen ist oder war, bezeichnen soll.

»Ich weiß nicht, ob … also was das zwischen uns ist, aber ja … ich mag ihn sehr. Wirklich sehr.« Luisa grinst und wischt sich etwas Schokolade vom Mundwinkel. »Oh mein Gott, ich freue mich so unglaublich für dich. Du strahlst ja richtig. Und du sagst, er ist noch nicht in Puerto Rico?«

Sophie schiebt die Kartons mit der neuen Ware, die heute angekommen ist, nach hinten. Sie wird erst einiges aussortieren und dann den Rest nach oben schleppen. Zum Glück lief der Laden auch ohne sie sehr gut, ihre Aushilfen haben alles gut hinbekommen. »Nein, er kommt heute Nacht zurück. Vielleicht sehe ich ihn morgen wieder. Ich wollte ihn deswegen nicht gleich nerven und verschrecken. Du weißt doch, dass man am Anfang eher entspannt sein sollte, damit Männer nicht gleich Panik bekommen.«

Luisa knüllt das Papier, mit dem der Muffin umhüllt war, zusammen und wirft es gekonnt in den Mülleimer hinter der Theke. »Ich kenne diese Regeln nicht mehr. Ich bin seit zehn Jahren verheiratet und bin wirklich froh, mir da nicht mehr Gedanken zu machen. Ich weiß noch, wie kompliziert das immer in der Anfangszeit war. Ist man zusammen oder nicht? Ich habe jedes Wort immer stundenlang analysiert und gedacht, ob er mir damit irgendetwas indirekt sagen wollte und ich wusste nicht, ab welchem Zeitpunkt man fest zusammen ist. Obwohl eigentlich damals immer so ein wenig die Regel galt: Wenn man sich in der Schule offen mit einem Kuss begrüßt hat, dann galt man offiziell als Paar.«

Sophie muss lachen und öffnet den ersten Karton. »Ich versuche, mir wenig Gedanken darüber zu machen. Wenn ich anfange, mir zu viel von etwas zu versprechen, habe ich immer das Gefühl, es geht erst recht kaputt, also ganz entspannt alles auf mich zukommen lassen.«

Da heute ein recht frischer Wind vom Meer kommt, hat Sophie die Ladentür offen stehen und sie haben gar nicht gemerkt, dass plötzlich Antoni im Laden steht.

»Was lässt du auf dich zukommen? Sind unsere Urlauber endlich wieder da?«

Beide wenden sich zu ihm um und er strahlt sie an. »Hallo, ja, wir sind zurück und ich habe dir deine Lieblingssüßigkeiten mitgebracht.« Sophie geht zu ihrer Theke und zieht die Schokoladenriegel hervor, die sie Antoni jedes Mal mitbringt.

Als sie ihm diese überreicht, umarmt er sie. »Danke, so schmecken sie am besten. Die, die man hier bekommt, sind meistens zu alt.« Sophie gibt ihm einen Kuss auf die Wange, dann begrüßt er Luisa und nimmt sich auch einen Muffin. »Also erzähl, wie war es in good old Amerika?«

Sophie widmet sich wieder dem Karton und hängt die ersten Kleider auf.

»Es ist alles wie immer. Ich muss sagen, was mir wirklich hier fehlt, ist dieser klare Jahreszeitenwechsel. Die Blätter im Herbst, der Schnee im Winter. Hier ist das Wetter fast immer gleich, letztes Jahr haben wir bei 30 Grad Weihnachten gefeiert, das fand ich schon wirklich merkwürdig. Zum Glück bin ich dann die restlichen Feiertage bei meinen Eltern geblieben.«

Antoni lacht auf. »Man gewöhnt sich an alles, dann heißt es halt statt Braten und Glühwein, Cocktails und Grill. Es kommt doch nur darauf an, mit den Menschen zusammen zu sein, die man liebt, egal wie und wo.« Luisa stößt ihn von der Seite an. »Oh mein Gott, was ist denn in den paar Tagen mit dir passiert. Du bist ja richtig philosophisch geworden. Ich muss rüber. Gleich beginnt der Abendverkauf. Habt ihr Lust, heute noch zum Strand zu gehen?« Sophie schüttelt den Kopf. »Ich bin kaputt. Ich werde heute früher schlafen gehen. Dieser Wetterwechsel macht mich jedes Mal fertig.«

Luisa hebt die Hand. »Dann aber morgen, kommst du noch mit rüber, Antoni? Ich habe noch etwas für dich, was du mit zurücknehmen kannst.«

Nur zwei Minuten später beginnt dann auch wirklich der Abendansturm und Sophie schafft es die nächsten zwei Stunden nicht von der Kasse weg. Als sie dann müde den Laden schließt, hängt sie die Kleidungsstücke noch weg und hievt den restlichen Karton hoch in ihr neues Lager oder eher gesagt ihre Wohnung, die momentan einfach auch als Lager herhalten muss. Sie bekommt eine Nachricht von Luisa.

'Antoni war noch lange in meinem Laden. Er macht sich noch immer Hoffnungen wegen dir und hat mich um Rat gefragt, wie er als Nächstes auf dich zugehen soll. Ich habe es nicht übers Herz gebracht, ihm zu sagen, dass du nun vergeben bist, du musst ihm das unbedingt beim nächsten Mal schonend beibringen.'

Sophie legt das Handy weg und schließt die Augen. Sie hatte wirklich die Hoffnung, dass das Thema zwischen Antoni und ihr vom Tisch sei.

Nach solch einem langen Tag spürt sie jeden einzelnen ihrer Knochen, während sie sich auszieht und die warme Dusche anstellt. Sobald sie darunter steht, schließt sie die Augen und versucht, den Tag von sich zu waschen.

Sie muss daran denken, wie Shay und sie sich früher immer ausgemalt haben, nachdem sie ihren Laden geschlossen haben, jeden Abend tanzen zu gehen oder sich mit Freunden zu treffen. Die Realität sieht komplett anders aus. Sie trocknet sich ab, cremt sich ein und zieht sich einen Slip und ein weites weißes Shirt über.

Es ist warm, Sophie hat die Türen zur Terrasse offen und ein kühler angenehmer Wind strömt vom Meer herein. Auch wenn es warm ist, bereitet sie sich einen warmen Kakao zu und überlegt, welche Serie sie sich gleich ansehen wird, nur um dabei eh einzuschlafen, während sie dem Treiben auf der Strandpromenade am Abend lauscht. Da sie eher am Ende sind, ist es ruhiger bei ihnen und man hört nur hin und wieder einige Gespräche, doch als sie gerade ansetzt und den ersten Schluck ihres cremigen Kakaos genießen möchte, hört sie einen Pfiff und ihren Namen. »Sophie!«

Diese Stimme erkennt sie sofort und geht auf die Terrasse, wo unter ihr an der Ladentür Nicky steht und zu ihr hochblickt. Verwundert sieht sie zu ihm hinunter. »Hey … du bist ja schon da. Ich dachte, du kommst erst heute Nacht.«

Oh Gott, als sie ihn jetzt wiedersieht, spürt sie sofort, wie untertrieben ihr 'ich mag ihn' heute war. Ihr Herz schlägt schneller und ihr Magen zieht sich sehnsüchtig zusammen. Obwohl sie noch gar nicht so viel Zeit zusammen verbracht haben, hat sie ihn trotzdem schon richtig vermisst.

Er trägt eine schwarze Shorts und ein rotes Shirt und Sneakers im selben Rotton. Sie erkennt selbst von hier oben seine glänzenden schönen Augen und muss lächeln, als er zu ihr hochsieht und seine Mundwinkel leicht zucken, als müsste er sich ein Grinsen verkneifen. Er ist ein sehr sexy Mann und das wird er auch wissen.

»Wir sind gerade gelandet und ich wollte gleich zu dir, aber deine Klingel geht nicht.« Sophie sieht zu ihrer Ladentür. »Oh … wahrscheinlich habe ich aus Versehen die Klingel abgestellt, weil ich die Tür den ganzen Tag offen hatte … warte …« Sie geht zurück in die Küche, wo sie den Ladenschlüssel hat, mit dem sie gerade noch die beiden Türen zum Laden abgeschlossen hat und wirft sie ihm zu.

Ihr Herz bebt vor Vorfreude, als sie hört, wie er den Laden aufschließt, ihn gleich wieder zuschließt und dann die Treppen zu ihr nach oben kommt.

Er legt den Schlüssel auf das Sideboard und lächelt, als Sophie zu ihm kommt und ihm einen Kuss auf den Mund gibt. Sie kann nicht behaupten, es würde sich nicht gut anfühlen, dass er direkt nach der Landung zu ihr gekommen ist, statt sich erst morgen zu melden, wie sie es erwartet hatte.

»Und, wie war es? Du hast ja kaum etwas dazu geschrieben.« Nicky erwidert ihren kurzen Kuss und seine Hände umfassen ihre

Hüften. »Es war Arbeit, etwas anstrengend, doch abends war es immer sehr lustig. Ich mag es, mit den Jungs zusammen zu sein. Es fühlt sich wie eine riesige Familie an. Das ist für jemanden wie mich etwas ganz Besonderes, auch wenn ich zugeben muss, dass ich schon hin und wieder an dich und deine kleine bunte Stadt denken musste.«

Sophie wünschte wirklich, sie würde jetzt nicht völlig ungeschminkt mit unordentlichem Knoten auf dem Kopf und XL-Shirt vor ihm stehen, doch er sieht sie an, als würde sie gerade die neueste Mode auf dem Laufsteg präsentieren. Nicky lässt sie sich immer gut fühlen, auch wenn ihm das wahrscheinlich gar nicht so bewusst ist.

»Musstet du das? Das ist ja interessant, denn auch ich musste hin und wieder mal an dich denken und habe mich gefreut, dass du heute endlich wieder hier bist.« Nicky lässt ihre Hüften los und zieht eine Waffe aus seinem Hosenbund, die er auf das Sideboard legt. Sophie versucht das zu ignorieren, er arbeitet in der Sicherheitsbranche, das gehört dazu. Dann greift er noch einmal in seine Hosentasche und zieht ein schwarzes Samtkästchen heraus.

»Das habe ich gesehen und musste sofort an dich denken. Gib mir mal deinen Arm.« Sophie hält ihm den Arm hin, er öffnet die Schachtel so, dass sie nur ein zartes goldenes Armband erkennt. Nicky ist zu süß, als er dann versucht, mit seinen großen Händen und Fingern dieses feine Armband um ihr Handgelenk zu binden, doch dann schafft er es und sieht zufrieden darauf. Nun kann auch Sophie genau hinsehen.

Es ist ein bezauberndes Armband mit einem roten Herbstblatt dran. Sophie streicht mit den Fingern über das Blatt. Sie hat noch nie solch ein schönes Armband gesehen. »Das ist wunderschön. Danke Nicky, ich liebe es.« Sie lächelt und meint es auch so. Sie hat noch nie so ein eindrucksvolles Geschenk von einem Mann bekommen. »Mich hat das Herbstblatt sofort an dein Zuhause erinnert und ich dachte, dass du so immer ein Stück Zuhause bei dir trägst.«

Sophie streicht noch einmal über das Blatt und legt dann ihre Arme um seine breiten Schultern. Wie kann ein Mann mit so einer breiten und groben Statur, solchen breiten Händen und solch einer athletischen Figur so feinfühlig und liebevoll sein? Er wirkt auf den ersten Blick unglaublich hart und gefährlich und doch bringt er ihr Herz zum Schmelzen mit seiner lieben Art.

»Danke, das bedeutet mir wirklich viel.« Sie küsst ihn und zeigt ihm, wie viel ihr das bedeutet und auch, dass sie ihn vermisst hat. Nickys Hände wandern von ihren Hüften langsam zu ihrem Po. Seine Finger gleiten unter ihren Slip und streichen ihren Po entlang, während er den Kuss immer intensiver werden lässt.

Er beendet den Kuss, wobei er sie hochhebt und in Richtung ihres Bettes trägt. Sophie schlingt automatisch ihre Beine um seine Hüften und spürt, dass Nicky genau wie sie ungeduldig darauf wartet, sie wieder komplett zu vereinen.

»Ich will mir das Armband noch einmal genau an dir ansehen.« Sophie will ihren Arm heben, doch Nicky stellt sie am Bett ab, zieht ihr das Shirt aus und grinst frech.

»Nicht so, nur das Armband, wenn es das Einzige ist, was du noch trägst.«

Es ist schwer zu beschreiben, wie sich das, was sich da immer mehr zwischen ihnen aufbaut, anfühlt. Gut, richtig, aufregend und doch sogar schon ein wenig vertraut. Auf jeden Fall wunderschön, und Sophie genießt jede Minute, bis sie miteinander verschlungen einschlafen.

Sie schläft so tief und fest, dass sie erst kurz vor Ladenöffnung aufsteht, sich schnell frisch macht, ein Kleid anzieht, sich leicht schminkt, Kaffee aufsetzt, Croissants aufbackt und sich eines schnell mit nach unten nimmt wie auch ihren ersten Kaffee, während sie Nicky noch weiter schlafen lässt.

Die ersten Kunden kommen und kurz danach erscheint auch Luisa im Laden. Sie setzt sich an die Theke, während Sophie den Kunden immer wieder neue Kleider zu den Kabinen bringt. Plötzlich kommt Nicky nach unten. Er ist in Eile und trägt die gleichen Sachen wie gestern, offenbar muss er schon los. Er hat ein Croissant in der Hand und ein glückliches Lächeln im Gesicht, als er zu ihr kommt und sie zärtlich auf den Mund küsst.

»Ich habe einen Termin, ich melde mich später. Gehen wir nachher zusammen essen?« Sophie nickt und sieht zu, wie er den Laden schnell verlässt. Luisa hebt ihren Becher mit Kaffee hoch, der bei ihr steht, und nimmt sich einen Schluck.

»Also das gerade war ein klares öffentliches Bekenntnis, dass ihr beide nun ein richtiges Paar seid, falls du dir darum noch Gedanken gemacht hast.«

Sie zwinkert Sophie zu und sie kann nicht anders, als rundum glücklich zu strahlen und den aufgeregten Herzschlag in ihrer Brust zu genießen.

Kapitel 10

»Ich finde, das Kleid steht dir perfekt.«

Sophie sieht sich im Spiegel an und wendet sich, sodass sie den schönen Rückenausschnitt noch einmal betrachten kann. »Denkst du? Ich möchte nicht zu aufgetakelt wirken, du weißt doch: Man darf nicht versuchen, der Braut die Show zu stehlen.«

Luisa sieht an ihr hoch und runter und schüttelt den Kopf. »Nein, es ist genau richtig, um zu einer Hochzeit zu gehen. Nicht zu sexy, aber doch so, dass dein Nicky sicherlich zweimal hinsehen wird.«

Sie zieht das Kleid wieder aus. Sie hat eh keine große Alternative dazu. Heute Abend wird sie das erste Mal mit zu Nicky gehen und dann auch noch gleich zu einer Hochzeitsfeier. Die Hochzeit findet am Nachmittag in einer Kirche statt und zur Feier am Abend holt Nicky sie ab.

Seit zwei Wochen sind sie beide zurück und haben sich seitdem fast täglich gesehen. Nicht ständig, sie beide haben viel zu tun, doch sie haben immer die Zeit gefunden, essen zu gehen, sich in der Mittagspause bei ihr zurückzuziehen, er ist abends zu ihr gekommen oder hat ihr einfach mal so Blumen oder einen Kaffee vorbeigebracht. Als er sie dann gestern relativ spontan gefragt hat, ob sie heute mit zu einer Hochzeit kommen möchte und so auch etwas mehr Einblick in sein Leben bekommen kann, hat sie natürlich gleich ja gesagt.

Bisher kam es nie dazu, dass sie mal bei Nicky waren und Sophie ist unglaublich neugierig wie er lebt und auch darauf, ein wenig mehr Einblick in seine Arbeit und die vielen Leute zu bekommen, mit denen er zu tun hat.

Es ist nicht so, als würde Nicky ihr etwas verheimlichen, er ist sehr entspannt. Er erzählt ihr, dass er Meetings hat, neue Geschäfte abwickelt und Sophie kennt bereits einige Namen. Er ist oft mit Dario, Diego, Adrian, Nuno und Milan unterwegs. Hin und wieder sieht sie auch mal jemanden, wenn einer seiner Freunde im Auto auf ihn wartet, doch sonst hat sie noch nicht viele Eindrücke von Nickys Leben gewinnen können und ist nun umso gespannter.

Die Cousine von Dario und Diego heiratet und die Feier findet bei ihnen statt. So wie Sophie es verstanden hat, besitzen diese Da Silvas ein größeres Gebiet, in dem sie arbeiten und leben. Fast wie ein Bezirk oder eine kleine Vorstadt, so zumindest hat Nicky ihr das erklärt. Wegen alldem ist Sophie richtig nervös. Sie mag Nicky jeden Tag mehr, wahrscheinlich liegt da schon viel mehr zwischen ihnen, doch so richtig sprechen sie nicht darüber. Sie beide genießen die Zeit, die sie zusammen verbringen und das reicht für das Erste auch.

Nun haben einige mitbekommen, dass Sophie einen Freund hat, es weiß nicht jeder genau, wer er ist, aber es spricht sich herum, dass sie mit jemandem ausgeht und seitdem hat sich Antoni nicht mehr blicken lassen, was Sophie unglaublich leidtut. Sie wollte ihn nie verletzen und hat versucht, ihm immer zu zeigen, dass mehr als Freundschaft zwischen ihnen nicht sein wird, doch offenbar ist ihr das nicht so gut gelungen, wie sie es wollte.

Als er jetzt an ihrem Laden vorbeigeht, ohne einmal zu ihr zu sehen, seufzt Sophie leise auf und Luisa wedelt mit der Hand. »Der kriegt sich schon wieder ein. Ich rede das nächste Mal mit ihm. Was willst du mit deinen Haaren machen?« Ein Mann kommt in den Laden und unterbricht sie.

Die Mittagspause ist gerade erst zu Ende und sie haben die ganze Zeit verschiedene Kleider anprobiert, obwohl sie gar nicht so viel Auswahl hatte, da ihre Kleider fast alle weiß sind und sie zu einer Hochzeit kein weiß tragen darf. Nun hat sie sich für ein Kleid in hellrosa entschieden. Der Stoff ist eher fließend, es hat keine Ärmel und ein zartes Bustier, von dem dann der fließende untere Teil des Kleides bis zu ihren Knien geht. Es ist schön und das passendste Kleid für eine Hochzeit.

Der Mann kommt lächelnd auf sie zu. Sophie kennt ihn von irgendwo, kann ihn aber nicht einordnen. »Hallo, Sophie? Ich bin Rodriguez, ich bin für die Lager im hinteren Teil der Promenade zuständig. Mein alter Freund Nicky war vorhin bei mir und hat mir gesagt, dass du dringend eine Lagermöglichkeit brauchst. Wenn du Zeit hast, können meine Männer gleich deine Sachen abholen und ins Lager bringen.«

Natürlich, daher kennt sie ihn. Gestern hat sie noch mit Nicky darüber gesprochen. Es ist neue Ware gekommen und langsam wird ihre Wohnung oben immer mehr vollgestellt, was natürlich noch mehr auffällt, wenn sie jetzt immer zu zweit sind. Er hat sie gefragt, wieso sie die Sachen nicht im Lager abgibt und sie hat ihm von den hohen Preisen dafür erzählt. Er hat erwähnt, dass er den Mann kennt, dem die Lager gehören, doch sonst nichts weiter gesagt, Sophie hat nicht damit gerechnet, dass er ihn gleich anspricht.

»Das ist … wirklich nett, nur leider kann ich mir eure Lagerräume nicht leisten. Sie sind toll und ich arbeite darauf hin, doch …« Der Mann lacht auf und schüttelt den Kopf. »Um Gottes Willen, ich würde niemals Geld von dir dafür nehmen. Nicky hat mir einige Male wirklich den Arsch gerettet. Du kannst dir gar nicht vorstellen, wie froh ich bin, ihm nun auch mal etwas Gutes tun zu können. Also am besten du beschriftest alle Kartons und machst dir eine Liste, was wo drin ist, du weißt, dass du uns nur anrufen oder eine Nachricht schicken musst und wir bringen dir die Sachen innerhalb einer Stunde in den Laden. Meine Männer würden so in einer Stunde die Kartons abholen, schaffst du das?«

Sophie atmet etwas überrumpelt aus, doch in dem Moment kommt auch schon ihre Aushilfe in den Laden. »Ja, danke … das sollte ich schaffen. Vielen Dank, das hilft mir sehr.« Der Mann hebt noch einmal seine Hand, bevor er den Laden verlässt. »Kein Problem, viele Grüße an Nicky.«

Luisa zieht die Augenbrauen hoch. »Also so langsam werde ich neidisch. Nicky scheint ja wirklich in allen Bereichen traumhaft zu sein.« Sophie kann das gerade noch gar nicht glauben und schüttelt nur den Kopf, nimmt ihr Handy und schreibt Nicky eine Nachricht, in der sie sich bedankt und Bescheid sagt, dass Rodriguez da war. Dann geht sie mit Luisa zusammen nach oben. Sie öffnen alle Kartons, erstellen eine Liste und nummerieren die Kartons, sodass sie später genau weiß, welche Kartons sie sich schicken lassen muss.

Sie werden gerade fertig, da kommen drei Männer und innerhalb einer halben Stunde ist ihre Wohnung komplett kartonfrei. Sie bekommt ihre Nummer und auch eine Telefonnummer, bei der sie sich melden muss, wenn sie Ware braucht und dann ist es auch schon Zeit, sich fertig zu machen.

Nicky hat ihr nur einen Daumen hoch geschickt und geschrieben, dass er sie um 18 Uhr abholt, früher als gedacht. Nun muss sich Sophie beeilen. Luisa muss in ihren Laden und sie geht direkt duschen.

Mit einem Ohr ist sie immer im Laden, während sie sich abtrocknet, eincremt, das Kleid überzieht, ihre Haare glättet und sich schminkt. Sophie ist selbst immer wieder überrascht, wie lang ihre Haare geglättet sind. Nicky hat sie schon einmal mit glatten Haaren gesehen. Er mag ihre Locken, doch er findet, die glatten Haare stehen ihr auch. Im Grunde gibt er ihr immer das Gefühl, etwas Besonderes zu sein. Er ist sehr aufmerksam und Sophie hatte noch nie das Gefühl, dass er ihre Nähe nicht genauso genießt, oder sie in irgendetwas hat unsicher fühlen lassen.

Sie steckt sich passende Ohrringe an, die etwas länger und gold sind. Sonst trägt sie nur das Armband von Nicky, was sie, seitdem er es ihr angelegt hat, nicht einmal abgenommen hat. Sie nimmt eine kleine Clutch und dazu noch eine zweite Tasche, in der sie frische Wäsche und einige andere Sachen einpackt, da sie davon ausgeht, dass sie die Nacht bei Nicky verbringen wird und weil morgen Sonntag ist, muss sie auch nicht in den Laden.

Als sie fertig ist und in den Laden nach unten geht, steht Nicky bereits am Tresen und spricht gerade mit jemandem am Handy.

Sophie stockt. Nicky ist einer der attraktivsten Männer, mit denen sie jemals etwas hatte, sie kann gar nicht genug von seinem Anblick bekommen, besonders sein trainierter Oberkörper hat es ihr angetan. Sie liebt es, wie er verschlafen aussieht oder sportlich, doch als sie ihn jetzt in einer feinen schwarzen Hose mit passendem schwarzen Hemd sieht, bemerkt sie ein weiteres Mal, wie hübsch dieser Mann ist.

Seine Ärmel sind hochgekrempelt, man erkennt seine Tattoos und eine schwere teure Uhr, die Hand ist lässig in eine Hosentasche gesteckt, alles passt perfekt zueinander. Die goldbraune Haut, die dunklen Augen, sein charmantes Lächeln, was er ihr schenkt, als er sie entdeckt; auch wenn sie sich nun wirklich schon besser kennen, beginnt Sophies Herz erneut zu rasen, als sie auf ihn zugeht und er sofort seine Arme um sie schlingt und sie zärtlich küsst.

Er beendet das Gespräch und steckt das Handy ein. »Du bist wunderschön.« Sophie sieht an ihm herunter. »Das kann ich dir nur zurückgeben, dir steht das Hemd sehr gut.« Nicky öffnet noch einen Knopf, obwohl schon einer geöffnet ist. »Ich hasse das. Ich bin froh, wenn ich mir wieder ein Shirt überziehen kann, bist du bereit?«

Sophie nickt und verabschiedet sich von ihrer Aushilfe, die später den Laden abschließen wird. »Dann lass uns zu mir fahren und dir mal ein wenig die Welt der Da Silvas zeigen.«

Während sie durch die halbe Stadt fahren, sieht Nicky immer wieder zu ihr hinüber und macht ihr Komplimente, bis Sophie wieder einfällt, was er heute für sie getan hat. »Vielen Dank wegen dem Lager. Ich kann das eigentlich gar nicht annehmen, ich weiß, wie teuer das ist.«

Nickys hübsche Lippen zucken, als müsste er sich ein Lachen verkneifen. »Das ist kein Problem. Rodriguez ist ein alter Freund, wenn etwas ist, kannst du dich immer an ihn wenden.« Sie kommen zu einer Straße, an der einige bewaffnete Männer sitzen. Auch wenn Sophie weiß, dass die Männer hier mit Sicherheit zu tun haben, wirkt das doch sehr befremdlich auf sie.

Nicky hebt nur kurz die Hand und fährt weiter, die Straßen ändern sich, sie werden breiter, all das hier scheint Privatbesitz zu sein. Die Häuser werden schöner und größer und schon hier hängen in den Bäumen Schleifen, und Kübel mit weißen Rosen sind am Straßenrand. Alles ist für eine Hochzeit geschmückt.

Nicky fährt weiter nach oben und dann in eine Seitenstraße. Er hält vor einem zweistöckigen weißen Haus, lässt das Tor hochfahren und parkt sein Auto in der Einfahrt.

Sophie sieht beeindruckt auf das schöne Haus, vor dem sie stehen. »Ist das dein Haus?« Nicky nickt und sieht auf seine Uhr. »Ja, ich zeige es dir später. Wir sind schon spät dran, komm, ich zeige dir alles.«

Ohne zu zögern nimmt er ihre Hand und sie verlassen sein Grundstück wieder. »Sieh mal an. Wen hast du denn da mitgebracht?« Als sie zwei Straßen weitergelaufen sind, treffen sie auf einen Mann und eine wunderschöne Frau. Der Mann lächelt sie an, die Frau hat einen Handspiegel in der Hand und zieht sich ihren Lippenstift nach. Sie hat eine traumhafte Figur und lange schwarze Haare.

Nicky lächelt und sie gehen zu den beiden. »Das ist Sophie. Sophie das ist Adrian und seine Verlobte Ayla.« Adrian gibt ihr die Hand und Ayla steckt den Lippenstift weg und lächelt. »Wie schön, es freut mich, dass nun auch Nicky jemanden gefunden hat.« Sie laufen weiter auf einen Platz zu, der vollkommen geschmückt ist.

Es sieht von Weitem schon beeindruckend aus. Überall sind Leuchten und Lichterketten angebracht. Es stehen Stühle und wunderschön geschmückte Tische um eine große Tanzfläche herum. Eine Band spielt Musik, es sind große Buffets aufgestellt,

Geschenke sind an einer Ecke aufgetürmt, überall sind weiße und beigefarbene Blumen, Tauben sitzen auf Stangen, eine riesige Torte steht bereit. Es ist traumhaft und es ist voll.

Wenn bei ihnen jemand heiratet, kommen auch immer viele zusammen, Sophie kennt also große Hochzeiten, doch das hier ist noch einmal etwas anderes. Sie wünschte, sie könnte sich etwas mehr zusammennehmen, doch sie kommt aus dem Staunen nicht mehr heraus. All die Menschen hier, diese wunderschöne Kulisse, die Häuser, die hier stehen, sind noch einmal doppelt so prächtig und groß wie das von Nicky und das hat sie schon beeindruckt.

Sie gehen auf das Fest und Sophie ist froh, dass sie zusammen mit Adrian und seiner Verlobten kommen. Es sind viele Männer hier, sehr viele und sie alle sehen irgendwie mächtig aus. Sie lachen, sitzen an den Tischen, stehen um das Buffet herum und überall sind auch Frauen. Die meisten sind sehr hübsch, allen Personen hier sieht man an, dass sie Geld haben.

Sophie ist wirklich froh, dass Nicky weiter ihre Hand hält. Überall bleiben sie stehen, alle hier scheinen Nicky sehr zu mögen. Er stellt ihr viele vor, nach den ersten zehn hat sie die ersten Namen wieder vergessen, doch alle sind sehr nett.

Sie gehen auch zum Tisch des Brautpaares und gratulieren. Die Braut ist wunderschön und dort am Tisch sitzen auch Dario und Diego, von denen Nicky am meisten erzählt. Auch sie sind sehr nett und höflich und auch sehr attraktive Männer.

Sophie wünschte, sie könnte etwas mehr reagieren, doch sie ist so eingenommen von all diesen neuen Eindrücken, dass sie all das nur ruhig aufnimmt, alle begrüßt und lächelt, doch zu viel mehr kommt sie nicht. Sie ist richtig glücklich, als Nicky und sie sich dann an einen Tisch setzen und sie sich neben Stella, die neben zwei anderen Frauen und einigen Männern sitzt, niederlassen kann.

»Was ist los bei dir, Nicky? Jetzt habe ich dich schon einige Male mit dieser hübschen Begleitung gesehen. Du wirst doch nicht etwa auch auf die Seite der Verrückten wandern, die etwas Festes beginnen?« Nicky lacht und stellt Sophie auch den Männern hier am Tisch vor. Der Lauteste von ihnen, der offenbar nicht glauben kann, dass Nicky und sie sich öfter sehen, stellt er ihr als Barim vor, bevor er sagt, dass er ihnen etwas zu essen besorgen geht und Sophie neben Stella zurückbleibt.

»Da hat Barim recht, ist das zwischen Nicky und dir wirklich etwas Festes?« Stella sieht sie etwas erstaunt an und Sophie atmet das erste Mal richtig aus, seit sie auf das Fest gekommen ist. »Ähmm ... ich weiß nicht, ob man das schon so sagen kann, aber wir treffen und mögen uns. Was ist mit Nuno? Ist er auch hier?«

Stella lacht bitter auf und deutet zu einem weiteren Tisch, an dem Nuno mit einigen anderen Männern sitzt und gerade laut auflacht. »Ja, aber wir haben uns nur zweimal gesehen. Das ist so etwas wie eine ungeschriebene Regel bei den Silvas. Sie treffen Frauen nicht mehrmals, deswegen scheint das mit Nicky und dir wirklich etwas Festes zu sein. Ich bin nur hier, weil ich die Braut von der Uni kenne, so habe ich auch Nuno getroffen. Wir haben keinen Kontakt mehr.«

Sophie sieht wieder zu Stella. Es scheint sie zu verletzen, dass sie keinen Kontakt mehr haben. »Das tut mir leid. Ich wusste nichts von diesen Regeln ...« Barim der ihnen gegenübersitzt, lacht laut auf. »Diese Regel sollte eigentlich auch keiner kennen. Aber wie gesagt, du scheinst für Nicky anders zu sein.« Er hebt sein Glas und lächelt, Sophie lächelt zurück und ist froh, dass kurz danach Nicky mit zwei gut gefüllten Tellern wiederkommt.

Sie bleiben eine ganze Weile sitzen. Das Essen ist sehr lecker und es wird auch richtig lustig. Die Männer machen Witze und erzählen Geschichten von ihren Reisen. Sophie ist froh, hier zu sein, denn man merkt sehr schnell, wie sehr Nicky hier gemocht wird. Jeder hier scheint viel von ihm zu halten, alle sind sehr nett und nach einer Weile setzt sich sogar dieser Dario, der ja der Chef von alldem sein soll, zu ihnen und neben Nicky. Sie sprechen von einem wichtigen Geschäft, das sie zusammen abgeschlossen haben und man hört sehr schnell heraus, dass Dario sehr viel von Nicky hält.

Der Abend ist schön, sie tanzen zwar nicht, doch sie haben trotzdem viel Spaß. Irgendwann werden Reden gehalten und auch wenn Sophie niemanden wirklich kennt, über den gesprochen wird, amüsiert sie sich. Der Kuchen wird angeschnitten, das Brautpaar noch einmal gefeiert und dann tritt ein sehr bekannter Künstler auf, dessen Lieder im Radio ständig gespielt werden.

Kurz danach gehen die ersten, doch die meisten bleiben noch genau wie sie bis weit nach Mitternacht, wo ein großes Feuerwerk stattfindet. Als dieses vorbei ist, verlassen auch Nicky und sie langsam die Feier. Wie den ganzen Abend hält Nicky ihre Hand. Er war die ganze Zeit sehr aufmerksam, hatte immer seine Hand an ihrem Rücken, hat ihre Hand gehalten und sie überall mit einbezogen. Auch wenn alle hier eigentlich fremd für sie sind, hat sich Sophie sehr wohl gefühlt.

Sie laufen langsam zurück zu Nickys Haus. »Es war ein schöner Abend. Man merkt, wie sehr dich alle hier mögen.« Wieder treffen sie Männer, die Nicky grüßen. »Alle, die du heute kennengelernt hast, sind wie meine Brüder. Das hier ist meine Familie.« Sophie lächelt ihn an. »Ich habe noch immer nicht ganz verstanden, was die Da Silvas sind. Es ist mehr als eine Firma, es wirkt fast so wie eine … Gemeinschaft …«

Nicky lacht leise auf, sie betreten sein Grundstück und er öffnet die Haustür. Es ist nicht einmal abgeschlossen, die Tür ist einfach offen.

»Wir sind eine Familia. Es ist wirklich schwer zu erklären für jemanden, der das nicht kennt. Hier in Lateinamerika kennt das jeder. Die Familias regieren … doch für jemanden wie dich kann man einfach sagen … es ist wie eine große Familie, die zusammenarbeitet und füreinander da ist … und Geld verdient.«

Er macht das Licht an und das unterstreicht seine Worte sofort. Sie stehen in einem leeren Eingangsbereich, der komplett weiß und mit teuren Fliesen ausgelegt ist. Hier liegen nur einige Sneakers herum.

Es geht eine Treppe nach oben, doch Nicky führt sie durch einen kleinen Flur in einen hellen Wohnbereich. Hier steht ein großes Sofa, ein Esstisch aus einem ganz besonderen Holz, der Tisch sieht aus, als wäre er aus einem großen unbehandelten Stück Baum gearbeitet. Sehr edel. Es gibt einen großen Fernseher mit einigen Spielkonsolen davor. Dort stehen auch Pizzakartons und leere Getränkedosen.

»Die Haushaltshilfen kommen erst Montag wieder, entschuldige das Durcheinander. Willst du noch etwas trinken?« Er geht in eine angrenzende dunkelbraune Luxusküche mit einer schwarzen Marmorarbeitsplatte. Sophie hat noch nie solch eine schöne Küche gesehen.

»Nein, wow, dein Haus ist wirklich schön.« Sie öffnet die Terrassentür und tritt in den Garten. Das ist es wirklich. Es ist sehr teuer und edel eingerichtet, wenn auch alles Persönliche fehlt. Hier gibt es nur Möbel, noch hat sie kaum persönliche Dinge wie Erinnerungen oder Bilder entdeckt. Es ist eine typische Junggesellenbude, nur halt in einer sehr hohen Preisklasse.

Der Garten ist umzäunt und geht weit nach hinten hinaus. Sie steht auf einer überdachten Terrasse mit eleganten Möbeln und tritt auf das Gras. Nicky hat einen Pool, es steht außerdem ein Basketballkorb weiter hinten mit einem kleinen Feld und auch eine Tischtennisplatte. Außerdem gibt es eine kleine Grillecke.

Sophie geht zum Pool und zieht die Schuhe aus. Sie setzt sich hin und lässt ihre Beine ins kühle Nass gleiten, das tut gut. Wie schön es sein muss, einen Pool im Garten zu haben.

Nicky kommt zu ihr und setzt sich neben sie, ohne aber seine Schuhe auszuziehen. »Es muss traumhaft sein, einen Pool zu haben, ich wollte früher immer einen haben.« Nicky zuckt die Schultern. »Irgendwann ist das relativ normal.«

Sie lehnt sich etwas zurück und sieht Nicky an. Sie wollte ihn schon die ganze Zeit etwas fragen, doch erst jetzt hat sie die Gelegenheit dazu.

»Stella hat heute so etwas gesagt, dass es eine Regel bei den Da Silvas gibt. Keine Frau öfter als zweimal zu treffen, stimmt das?« Nicky lächelt. »Na ja, nicht so genau, aber die meisten Männer hier gehen keine feste Beziehung ein. Es ist ihnen zu anstrengend und unser Leben ist … sagen wir es mal so … nicht perfekt dafür geeignet, eine Familie zu haben.«

Sophie legt den Kopf ein wenig schief, das ist sehr ehrlich. »Aber wir haben die zwei Treffen schon überschritten.« Nicky sieht ihr in die Augen. »Ich habe noch nie viel davon gehalten. Vielleicht liegt das daran, dass ich nie eine richtige Familie hatte. Ich habe kein Problem damit, eine feste Beziehung zu führen und freue mich darauf, irgendwann zu heiraten und Kinder zu haben, also für mich gibt es diese Regel nicht … nur für die meisten anderen Männer hier.«

Eine kleine Welle der Erleichterung durchströmt Sophie. Sie spürt, dass Nicky sie sehr mag, sie beide dabei sind, sich in den anderen zu verlieben, wenn es nicht schon längst passiert ist, doch seine Worte geben ihr noch ein wenig mehr Sicherheit.

Sie beißt sich auf die Lippe und öffnet den Reißverschluss ihres Kleides. Als sie es sich vom Körper streift, spürt sie genau seinen Blick auf sich und zieht auch ihren BH aus, nur um dann leise ins kühle Wasser zu gleiten, was nach dieser warmen Nacht mehr als guttut.

»Na, dann hoffen wir auf noch ein paar mehr Treffen, wenn es diese Regel für dich nicht gibt.« Sie hört, wie auch Nicky seine Sachen auszieht und spürt dann seine Hände an ihrem Körper. »Davon gehe ich sehr stark aus.«

Sophie lacht und dreht sich zu ihm um.

Einen Moment sieht er sie ernst an. Sie beide verfangen sich in einem tiefen Blick. Es ist ein Moment, in dem man sich gesteht, dass da schon viel mehr ist, als nur die einfache Neugierde auf den anderen, mehr als nur ein einfaches Mögen, mehr als all das, und auch wenn sie sich tief in die Augen sehen und ihre Blicke diese Worte sagen, sprechen sie es noch nicht aus.

Doch Nicky räuspert sich und seine Hand legt sich an ihre Wange. »Wie sollte ich bei diesem Anblick an diese Regel denken und nicht daran, dich ständig bei mir haben zu wollen?« Sein Kopf senkt sich und seine Lippen treffen auf ihre, und auch wenn sie diese Worte nicht ausgesprochen haben, hat dieser Moment ihnen beiden ganz klar gezeigt, dass es so ist … dass da mehr ist.

Kapitel 11

Sophie wird in einer ungewohnten Stille wach.

In ihrer Wohnung über dem Laden hört man eigentlich immer irgendwelche Menschen oder Vögel oder sonstige Geräusche, deswegen ist ihr auch sehr schnell bewusst, wo sie sich befindet, sobald sie ihre Augen öffnet.

Sie dreht sich in dem riesigen Bett und berührt sofort mit ihrer Nasenspitze Nickys Brust, der dicht an ihr liegt und seine Beine mit ihren verschränkt hatte. Durch ihre Bewegung öffnet nun auch er leicht die Augen und legt den Arm wieder um sie. Sophie lächelt, es ist zu süß, wie eng er sie nachts immer an sich hält.

Sophie gibt ihm einen Kuss auf seine Brust und schließt auch noch einmal die Augen, doch dann spürt sie schnell, dass sie nicht mehr einschlafen kann.

Sie waren gestern noch lange wach. Nachdem sie sich im Pool nähergekommen sind, waren sie zusammen duschen und Nicky hat ihr den Rest des Hauses gezeigt. Im oberen Teil hat er ein großes Schlafzimmer, ein Gästezimmer, ein Spielzimmer, wie er es nennt, mit Billardtisch, Trainingsgeräten, Dartscheiben und einigem mehr, dazu noch zwei leere Räume.

Alles hier im Haus ist schön und teuer, doch er hat nicht viele Möbel. Nicky hat einige leere Räume und nur das an Möbeln, was man wirklich braucht. Er sagt, dass ihm all das nicht viel bedeutet. Er liebt die Da Silvas, seine Freunde, die wie Brüder für ihn sind und das Leben, das sie führen. Ob alle Zimmer im Haus eingerichtet sind und wie man was dekoriert, ist ihm unwichtig.

Sophie mag diese sehr entspannte Art von Nicky, es ist genau das Gegenteil von ihr, die alles bis ins kleinste Detail eingerichtet haben muss und die an so vielen Dingen hängt. Es gibt einige Unterschiede zwischen ihnen. Mal abgesehen von den ganz offensichtlichen, wie hell sie ist im Gegensatz zu ihm und wie zart sie neben ihm wirkt, sind sie beide auch von ihrer Persönlichkeit sehr unterschiedlich.

Man kann sagen, dass sie beide schon einiges im Leben durchgemacht haben, doch während man ihr das sicherlich noch anmerkt, lebt Nicky einfach damit. Sie haben bei einem Essen letztens darüber gesprochen. Sophie kann kaum beschreiben, wie traurig und wütend sie wegen Shay ist und wie schwer es ihr fällt, über ihre Schwester zu sprechen, ohne dabei zu weinen. Es geht, es wird besser, doch es prägt ihr Leben noch jeden Tag.

Nicky hingegen hat erklärt, dass er früh damit angefangen hat, einfach zu leben. Es gibt gewisse Dinge, die kannst du nicht ändern. Die passieren, egal was du tust, und es liegt an dir, wie du damit umgehst. Lebst du gegen das Schicksal? Verzweifelst du daran und frustriert dich die Bürde, die dir auferlegt wurde, oder aber du lebst damit, nimmst hin, was du eh nicht ändern kannst und machst das Beste daraus. Das macht Nicky und das spürt man an seiner unbeschwerten Art. Sophie bewundert diese Einstellung an ihm und hofft, dass sie auch eines Tages dahin findet, doch vielleicht braucht das auch etwas Zeit und Abstand zu den Dingen, die passiert sind.

Sie sieht auf ihre beiden Arme, ihren hellen, der unter seinem goldbraunen liegt und gibt einen Kuss auf Nickys Schulter, bevor sie sich vorsichtig von ihm losmacht und aufsteht.

Auch wenn er ihr gestern sein Haus gezeigt hat, ist es doch ein komisches Gefühl, sich hier so frei zu bewegen. Sie geht ins Bad und macht sich frisch, holt sich ihre schwarze Unterwäsche heraus, die sie zum Wechseln dabei hat und zieht sich den Slip über. Sie möchte unbedingt noch einmal in den Pool und wird den Slip einfach als Bikinihose benutzen.

Sie flechtet sich einen Zopf und bleibt ungeschminkt, zieht sich ein helles Top über und geht leise nach unten, um Frühstück vorzubereiten. Noch etwas unbeholfen sieht sie sich erst einmal in der großen Küche um, hier ist alles perfekt eingerichtet. Es gibt Teller,

Besteck, alle Geräte, die man braucht und alles ist blitzblank, was man zum einen garantiert den Haushaltshilfen zu verdanken hat und zum anderen, dass Nicky hier offenbar nichts macht. Fast alle Töpfe und Pfannen sind unbenutzt. Sophie sieht in den Kühlschrank. Erstaunt stellt sie fest, dass dieser gut gefüllt ist.

Es gibt Eier, Speck, Gemüse, etwas Obst, Joghurts, frische Milch und viele andere Getränke. Nicky hat erwähnt, dass die Haushaltshilfen auch jedes Mal Frühstück zubereiten, wenn sie da sind, was wahrscheinlich der Grund für diesen vollen Kühlschrank ist. Sie hat Hunger, es ist schon Mittag, sie haben lange geschlafen und Sophie ist sich sicher, dass auch Nicky bald aufstehen wird.

Sie schneidet Obst und Gemüse und deckt den Tisch auf der Terrasse ein. Im Gefrierfach hat sie aufbackbare Croissants gefunden und backt diese auf, dann verrührt sie die Eier und beginnt den Speck anzubraten, während sie versucht herauszufinden, wie die Kaffeemaschine genau funktioniert.

»Nicky, hör mal ...« Plötzlich fällt die Tür ins Schloss. Sophie hat nur ihren Slip und das Top an und sieht sich panisch um, ob sie hier etwas anderes zum Anziehen findet. Wieso kommt hier jemand einfach herein, ohne zu klingeln oder zu klopfen?

»... Heute Abend ...« Einer der Männer von gestern kommt zu ihr in die Küche und stockt bei ihrem Anblick. Sophie dreht sich sofort so um, dass er sie von vorne sieht und verschränkt verschämt die Hände vor der Brust, da sie keinen BH trägt. Im Grunde hat sie einen schwarzen Slip und ein Top an, im Bikini würde er noch mehr sehen und doch ist das Sophie furchtbar unangenehm.

»Oh, entschuldige, ich suche eigentlich Nicky.« Sophie versucht, sich nicht anmerken zu lassen, wie unangenehm ihr all das ist. »Der ...«

»Was ist los, Barim?« In dem Moment kommt Nicky zu ihnen in die Küche. Er trägt nur seine Boxershorts und man sieht ihm deutlich an, dass er gerade erst aufgestanden ist.

Barim dreht sich zu ihm um und Sophie atmet erleichtert aus, dreht sich aber noch nicht weg und füllt die Rühreier auf einen Teller.

»Heute Abend ist im neuen Club eine Feier und der Besitzer hat angerufen. Für uns steht der VIP-Bereich bereit mit Getränken und allem anderen. Es sind schon viele mit dabei, wie sieht es bei dir aus?« Nicky dreht sich zu Sophie und sieht sie fragend an. »Hast du Lust, heute Abend wegzugehen?« Sie denkt an das letzte Mal, wo sie viel Spaß hatten und sich das erste Mal geküsst haben und lächelt. »Wieso nicht, gerne.«

Nicky deutet nach draußen und sieht zu Barim. »Möchtest du noch mit uns etwas essen?« Das Handy von Nickys Freund klingelt. »Nein, ich muss zum Hafen. Also sehen wir uns später.« Und schon ist er auch wieder weg und Sophie sieht ungläubig zu Nicky.

»Kommt hier jeder rein wie er will? Ich wusste das nicht, sonst hätte ich mir etwas anderes angezogen.« Nicky lacht leise auf und zieht Sophie mit dem Teller voller Eier an sich. »Ja, das ist hier so, aber keine Sorge. Die Männer hier sind ganz andere Outfits gewöhnt, das ist fast schon winterlich angezogen.« Sophie muss auch lachen und gibt Nicky einen Kuss auf den Mund, den er sofort ausdehnt. Als seine Hand unter ihren Slip fährt, beendet Sophie den Kuss aber schnell und entweicht.

»Na, bei dem winterlichen Outfit kannst du ja eigentlich nicht auf falsche Gedanken kommen und ich sterbe vor Hunger. Du möchtest doch nicht, dass ich hier verhungere?« Nicky nimmt das Körbchen mit den Croissants, das noch auf der Ablage liegt und folgt ihr. »Das kann ich natürlich nicht riskieren.«

Nach einer wunderschönen Nacht erleben sie einen sehr entspannten Tag zusammen. Die Zeit verfliegt und Sophie hat sich schon ewig nicht mehr so entspannt gefühlt. Sie frühstücken zusammen und bleiben eine ganze Weile am Pool. Es fällt ihr viel zu leicht, sich vollkommen in Nickys Nähe fallen zu lassen. Sie reden und lachen viel und können die Hände kaum voneinander lassen.

Nur ihr knurrender Magen bringt sie, als es langsam Abend wird, dazu, aus der Hängematte zu steigen, in der sie beide eingekuschelt vor sich hin gedöst haben. Sophie zieht sich ihre mitgebrachten Sachen über und schminkt sich leicht, Nicky zieht eine blaue Jeans und ein weißes Shirt über und sie fahren an den Hafen in ein Restaurant. Sophies Laden ist weiter weg am Meer und sie kommt selten zum Hafen, deswegen genießt sie die Atmosphäre auf der Terrasse des Restaurants und das leckere Essen.

Erst als sie fertig sind, erinnert sie Nicky an die Feier im Club. Eigentlich würde Sophie den Abend viel lieber ganz entspannt ausklingen lassen, doch sie haben zugesagt. Statt zu Sophie nach Hause bringt Nicky sie in das Einkaufszentrum, was täglich bis spät in die Nacht geöffnet hat. Wie beim letzten Mal geht sich Sophie wieder ein Kleid aussuchen. Nicky wartet geduldig neben ihr und darf dann sogar die Entscheidung zwischen einem schwarzen und einem roten Kleid fällen und entscheidet sich für das Rote.

Es ist eher selten, dass Sophie so knallige Farben trägt, doch das Kleid sieht edel und sexy aus. Es hat auch einen stolzen Preis, doch bevor Sophie überhaupt zur Kasse kommt, ist es schon von Nicky bezahlt. Sie sagt ihm, dass er das nicht braucht und dass sie selbst Geld hat, doch Nicky lacht nur und legt den Arm um sie.

Noch einmal geht Sophie zu dem Friseurladen, wo ihre Haare geglättet und sie leicht geschminkt wird. Nicky telefoniert am Handy vor dem Laden, wegen des auffälligen Kleides achtet sie darauf, dass ihr Make-up dezenter wird. Als sie fast fertig ist, kommt eine wunderhübsche Latina in den Laden und geht zu der anderen Frau neben Sophie. Beide sind hübsche typische puerto-ricanische Schönheiten. Die Frau, die gerade hereingekommen ist, hat lange lockige Haare und ein wunderschönes Gesicht. »Davina, bist du endlich fertig? Meine Mutter muss zur Arbeit und ich habe den Schlüssel vergessen, sonst muss ich bei dir schlafen.«

Sophie ist fertig. Sie steht auf und sieht noch einmal zu den beiden hübschen Frauen. Sie weiß, dass auch im Club viele dieser hübschen Latinas sein werden und sie bemerkt jedes Mal, wenn sie mit Nicky zusammen ist, die Blicke der Frauen auf ihn. Sie ist so anders als diese Frauen, komplett anders. Im selben Moment, wo sie diese Gedanken ausspricht, tadelt sie sich selbst. Sie sollte sich niemals mit jemand anderem vergleichen. Sie ist wie sie ist und das ist gut so.

Als sie den Laden verlässt und Nicky sie liebevoll anlächelt, zerstreut er ihre Selbstzweifel sofort und Sophie kuschelt sich an ihn, als er den Arm um sie legt und sie zurück zum Auto gehen. »Dann lass uns die Nacht genießen.«

Das verspricht diese Nacht wirklich, als sie dann endlich in den Club kommen. Wie beim letzten Mal ist er voll, die Musik laut, die Luft schwül, überall tanzen und stehen hübsche attraktive Menschen, Kellnerinnen tragen Tabletts umher und sie brauchen lange, bis sie im VIP-Bereich angekommen sind, obwohl jeder ihnen bei Nickys Anblick Platz macht.

Im VIP-Bereich sitzen schon einige Männer und Frauen und diese sind dieses Mal offenbar alle von den Da Silvas. Nicky stellt ihr ein paar mehr Leute vor. Sie kennt diesen Barim von heute Mittag und auch zwei, drei der anderen Männer. Die Frauen kennt sie nicht, doch sobald sie sich setzen, beziehen sie Sophie sofort in ihr Gespräch mit ein und auch Nicky ist gleich dabei, sich mit den Männern zu unterhalten.

Sie bekommen kleine Snacks, Obstschalen und Nussschalen hingestellt mit verschiedenen Cocktails. Nicky hat ihr einen leckeren Melonencocktail bestellt, aus dem man den Alkohol kaum herausschmeckt, doch sie spürt ihn ziemlich schnell.

Es wird immer später. Nicky bleibt die ganze Zeit bei ihr und sie haben alle Spaß. Gerade als die Frau neben ihr sie fragt, ob sie tanzen gehen wollen, bekommt ein Mann am Tisch einen Anruf.

Sophie steht auf, sie hat Lust zu tanzen und sagt Nicky Bescheid, da wendet sich der Mann an Nicky.

»Das war Dario, es gibt Probleme am Hafen. Wir beide sollen sofort hinkommen.« Nicky flucht leise auf. »Ich kann auch mitgehen, wenn ...« Barim steht auf, doch der andere Mann schüttelt den Kopf. »Dario will Nicky bei sich haben.« Oh nein, Sophie hat noch keine Lust, schon nach Hause zu fahren.

»Tut mir leid. Ich kläre das schnell und komme dann zu dir. Ich rufe dir draußen ein ...« Wieder meldet sich dieser Barim zu Wort, dem man ansieht, dass es ihm nicht passt, dass dieser Dario offenbar unbedingt Nicky an seiner Seite haben will. »Wir können sie auch später nach Hause bringen, wenn es bei dir länger dauert.«

Nicky sieht Sophie fragend an. Die Frau will zur Tanzfläche und zieht Sophie mit sich. »Ja, geh ruhig. Ich bleibe noch etwas und fahre dann nach Hause. Pass auf dich auf.« Sie kommt nur noch dazu, ihm einen schnellen Kuss zu geben. »Okay, bleib aber bei meinen Männern.«

Kurz danach ist Sophie auf der Tanzfläche und verlässt diese auch nicht so schnell. Sie war nie die größte Tänzerin, doch hier befreit sie das einfach. Die laute Musik, die Körper, die Art, wie alle tanzen. Sie liebt es, auch wenn sie sich das so nie vorgestellt hätte.

Sie sind mindestens eine Stunde am Tanzen und als sie dann zurück zum Tisch kommen, haben sie wahnsinnigen Durst. Barim sitzt nun neben Sophie und hat ihr offenbar noch einmal den gleichen Drink bestellt wie Nicky, oder Nicky war das sogar selbst, als er noch da war.

Barim schiebt ihr den Drink hin und lächelt. »Ich muss auch gleich los und soll dich davor zu Hause absetzen, ist das in Ordnung für dich?« Sophie leert den Cocktail ziemlich schnell und nickt nur, sie ist völlig außer Puste. Das war wirklich viel Bewegung bei der Hitze, und bereits kurz nachdem sie sich gesetzt haben, spürt Sophie ihre Müdigkeit und fragt Barim, ob sie langsam losfahren können.

Sie denkt noch darüber nach, Nicky eine Nachricht zu schreiben, doch sie ist zu müde, um das Handy herauszuholen. Mit Barim zusammen sucht sie sich wieder einen Weg durch die tanzende Menge und atmet dann erleichtert die frische Luft ein.

Sie steigen in ein teures Auto und Sophie bekommt mit, dass Barim mit ihr spricht, aber nicht wirklich mehr, worüber. Sie wird erst wieder wacher, als er ihr aus dem Auto hilft und ihr die Schlüssel zum Laden abnimmt, dabei lächelt er und sieht ihr in die Augen.

»Doch nicht so ein Engel wie Nicky denkt!«

Kapitel 12

Ein heftiger Schmerz durchfährt Sophies Kopf.

Sie wagt es kaum, die Augen zu öffnen; als sie das dann aber tut, wird sie von der Sonne geblendet und sieht sich in ihrem Schlafzimmer um. Es dauert einige Minuten, bis sie ihre Gedanken wieder ordnen kann. Ihr Mund fühlt sich trocken an, sie erinnert sich an den Abend, an den schönen Tag davor, an Nicky, dass er gegangen ist und wie sie getanzt hat, danach wird alles verschwommen, sie weiß noch, wie Barim sie nach Hause fahren wollte.

Ist sie im Auto eingeschlafen? Was ist passiert? Sophie setzt sich auf und bereut das sofort wieder. Ihr Kopf tut furchtbar weh. Sie wendet den Kopf und kann Nicky nirgends sehen. Wollte er nicht kommen? Wie spät ist es? Sophie ist zugedeckt, sie trägt nur ihren Slip, deswegen sucht sie erst einmal ihr Bett nach einem Top oder einem Shirt ab, doch sie findet nichts.

Langsam steht sie auf.

Ihr Kopf schmerzt, ihr Hals ist trocken und sie hat noch immer nicht ihre Orientierung zurück. Was ist bloß passiert?

Sie schafft es ins Bad und befeuchtet ihr Gesicht mit kaltem Wasser. Als sie dann in den Spiegel blickt, sieht sie, dass sie noch geschminkt ist. Ihre Wimperntusche ist verschmiert, sie scheint gestern direkt ins Bett gegangen zu sein. Sophie stöhnt auf. Sie schminkt sich ab und bindet sich einen Zopf, dann sucht sie Kopfschmerztabletten und geht in ihre Küche, um etwas zu trinken und diese Schmerzen loszuwerden.

Sie öffnet die Terrassentür und hört, wie laut es bereits unten ist. Nun sucht sie nach ihrem Handy und merkt, dass ihre Handtasche auf ihrem Sideboard steht. Sie legt ihre Handtasche niemals dahin, immer auf den Stuhl am Eingang. Das muss jemand anderes gemacht haben. »Nicky?« Sophie schließt noch einmal die Augen, als ihre eigene Stimme ihre Kopfschmerzen verstärkt.

Sie öffnet ihre Handtasche und zieht ihr Handy heraus und bekommt sofort einen Schreck. Es ist bereits dreizehn Uhr, es ist gerade wieder Mittagspause und sie hat den Laden nicht aufgemacht. So etwas ist ihr noch nie passiert. Sie eilt schnell die Treppen in den Laden hinunter, der leer und verschlossen ist. Vor der Tür stehen einige Pakete und Sophie flucht leise auf.

Sie ist noch nicht angezogen und geht schnell zurück nach oben, dabei sieht sie, dass Nicky ihr gegen drei Uhr geschrieben hat, ob sie schon schläft und ob er noch vorbeikommen soll. Dann waren da noch drei Anrufe von ihm und sonst nur eine Nachricht ihrer Mutter heute Morgen, ob alles in Ordnung ist und dass sie später mal anrufen soll.

Sophie schaltet ihre Kaffeemaschine an und lässt sich einen Kaffee einlaufen, dann setzt sie sich auf ihre Couch und wählt Nickys Nummer. Es klingelt lange bis er annimmt, er hört sich sehr gereizt an.

»Ist das dein Ernst?«

Sophie zieht die Augenbrauen zusammen. »Was war gestern noch los? Ich bin gerade erst aufgewacht, ich habe den kompletten Vormittag verschlafen und ...«

Nicky unterbricht sie schroff.

»Was erzählst du mir da? Das Erste, was Barim gestern gemacht hat, ist mir zu zeigen, dass du doch nicht anders als all die anderen Frauen bist, falls du dachtest, ich erfahre das nicht. Also ruf nicht mehr an und erzähl diesen ganzen Mist jemand anderem.«

Sophie versteht kein Wort. Nicky hat das Gespräch einfach beendet. Barim? Gestern? Was soll er ihm gesagt haben? Sie sieht an sich herunter und ein komisches Bauchgefühl kommt in ihr hoch. Sie wird doch nicht etwas mit Barim gemacht haben? Sie kann sich an nichts mehr erinnern, doch sie hatte nur zwei Cocktails getrunken und sie hätte doch niemals etwas mit ...

Sophie wählt noch einmal Nickys Nummer, doch er geht nicht mehr ran. Sie schreibt ihm, dass sie nicht mehr weiß, was gestern war und wovon er spricht, dann legt sie ihr Handy weg und streicht sich über die Stirn. Was ist hier bloß passiert?

Im selben Moment bekommt sie von Nicky Bilder geschickt. Bilder von ihr, nur bekleidet mit ihrem Slip und einer fremden Hand auf ihrem Bauch.

Für wenige Sekunden bleibt alles stehen. Es ist, als wäre Sophie unter eine Glocke gepackt worden, sie sieht auf die Bilder und traut ihren Augen nicht. Nicky hat noch etwas dazu geschrieben.

'Barim hat mir die ganze Zeit gesagt, ich soll nicht denken, du wärst anders und etwas Besonderes und dass ich so dumm bin, mich fest auf jemanden einlassen zu wollen. Am Ende wollen die Frauen nur einen Mann der Da Silvas. Egal welchen und genau das hast du gestern Nacht bewiesen. Und sei nicht so billig und schiebe es auf den Alkohol. Ruf nicht mehr an, jemanden wie dich finde ich überall ...'

Sophie liest diesen Text dreimal, sie ist nicht einmal in der Lage aufzustehen und sich ihren Kaffee zu holen. Das kann doch alles nur ein dummer Scherz sein. Sie hat niemals mit diesem Mann geschlafen oder sonst etwas gemacht, und wie kann Nicky so über sie denken?

Sophie ist viel zu sauer, um zu weinen, auch wenn ein dicker Kloß in ihrem Hals steckt. Sie ruft noch einmal Nicky an, doch sein Handy ist aus. Wütend legt sie das Handy weg, geht zu ihrem Schrank, zieht sich eine Shorts und ein Shirt über und nimmt ihre Tasche.

Ohne etwas gegessen oder getrunken zu haben, schreibt sie einen Zettel mit 'wegen Krankheit heute geschlossen' drauf und klebt das an die Scheibe ihrer Ladentür, bevor sie ins Auto steigt und versucht, den Weg zum Da Silva-Gebiet zu finden. Sie muss zweimal nachfragen, doch zum Glück weiß fast jeder, wo die Da Silvas leben.

Es dauert eine Weile, bis sie bei den ersten Wachmännern hält, die ihr andeuten zu warten.

»Zu wem möchtest du?«

Sophie muss sich anstrengen, damit ihre Stimme nicht bebt. Noch immer kratzt ihr Hals und trotz Tablette dröhnt ihr Kopf. »Ich muss zu Nicky, ich …« Der Mann sieht sie nur kalt an. »Nicky ist heute Morgen mit Dario und den anderen nach Chile gereist. Es kann einige Tage dauern, bis er wieder da ist, komm dann wieder.«

Dieser Tag ist die reinste Katastrophe. Da fällt ihr etwas ein. »Ist Barim mitgeflogen?« Der Mann schüttelt den Kopf und zieht sein Handy heraus. »Barim, hier ist eine Blondine, die dich sucht.« Er wendet sich ab und lässt Sophie alleine stehen. Sie wartet einige Minuten im Auto, die Männer spielen weiter Karten und beachten sie gar nicht. Als sie gerade aussteigen und fragen will, was nun ist, ob Barim kommt, sieht sie den Mann von gestern Abend auf sich zukommen.

Sophie steigt aus und läuft ihm entgegen. Je näher sie ihm kommt, umso deutlicher erkennt sie, wie dick und angeschwollen sein Auge ist und eine tiefe Schnittwunde über seinem Auge. Doch der Mann grinst sie zufrieden an. »Du schon wieder.«

Ihr Magen dreht sich um. Ihr wird richtig schlecht. »Was ist gestern passiert? Was hast du getan? Ich kann mich an nichts mehr erinnern.« Barim lacht laut auf. »War ich so schlecht? Mach nicht so ein Drama daraus. Ich wollte Nicky nur beweisen, dass du genauso bist, wie ich es ihm gesagt habe und das habe ich.« Er deutet auf sein Gesicht. »Das war selbst das wert, nun kennt er die Wahrheit und du …« Er sieht sie von oben bis unten an. »… solltest hier verschwinden, ich denke … die Da Silvas sind fertig mit dir!«

Ohne auf eine Reaktion von ihr zu warten, dreht sich Barim um und geht. Das erste Mal in ihrem ganzen Leben fehlen Sophie die Worte. Sie atmet hektisch ein und aus, dann läuft sie zum Rand eines Gebüsches und übergibt sich. In diesem Moment kommen ihr auch die Tränen und als sie sich wieder aufrecht hinstellt, dreht sich einen Moment lang alles um sie herum.

Ein Auto hält neben ihr. Ein Mann sieht heraus und sie erkennt ihn. Es ist Nuno, der sie besorgt ansieht. »Sophie? Ist alles klar? Soll ich Nicky anrufen? Du siehst nicht gut aus ...« Sophie blickt ihm in die Augen und kann nur noch den Kopf schütteln, sie hat keine Kraft für mehr.

Ohne etwas zu ihm zu sagen, geht sie zu ihrem Auto zurück und fährt davon. Ihr ist so schlecht, dass sie direkt in das nächste Krankenhaus fährt und in die erste Hilfe geht, wo sie zu einer Ärztin ins Zimmer gebracht wird. Sie erzählt ihr alles, vom gestrigen Tag, dass sie sich nicht erinnern kann und wie es ihr jetzt geht.

Für die Ärztin scheint das nicht ganz neu zu sein. Sie äußert den Verdacht, dass ihr etwas in den Drink geschüttet wurde und dass sie untersuchen wird, ob Sophie gestern Nacht Sex hatte. Wenn es ihr bisher nicht schon schlecht genug ging, bricht sie komplett in Tränen aus, als sie auf dem Untersuchungsstuhl liegt und die Ärztin beruhigend auf sie einredet.

»Ich kann sie so weit beruhigen, sie hatten gestern Nacht keinen Sex. Das bedeutet natürlich nicht, dass nicht etwas anderes zwischen ihnen gewesen sein kann. Wir könnten noch Blut abnehmen, um zu prüfen, was ihnen ins Glas geschüttet wurde, es kann aber sein, dass man das nicht nachweisen kann. Mittlerweile gibt es so viele Drogen oder Mittel, die man schon nach einigen Stunden nicht mehr nachweisen kann. Dabei werden die Leute leider immer kreativer.«

Sophie gibt trotzdem Blut ab, die Ärztin bringt ihr einen Kaffee und untersucht sie weiter, doch auch wenn es ihr noch schlecht geht, fehlt ihr sonst nichts weiter. Sie rät Sophie, zur Polizei zu gehen, um das anzuzeigen; auch wenn kein Sex stattgefunden hat, kann sie eine Anzeige machen. Die Laborergebnisse dauern zwei Wochen und sie erhält dann eine Mail mit den Ergebnissen.

Als sie das Krankenhaus verlässt, beginnt es zu dämmern. Noch immer hat Sophie nichts gegessen. Sie schreibt Nicky eine Nachricht, dass sie nicht weiß, was passiert ist und er ihr glauben soll, dass sie wahrscheinlich etwas in den Drink bekommen hat und fragt ihn, wie er überhaupt so etwas von ihr denken kann. Dann hält sie bei einem Imbiss und holt sich einen Hotdog mit Pommes. Auch wenn ihr noch immer schlecht ist und sie keinen Appetit hat, zwingt sie sich zu essen. Nach und nach vergeht dann auch die Übelkeit, die Kopfschmerzen bleiben. Nicky hat ihre Nachricht gelesen, doch er reagiert nicht.

Eine bittere Enttäuschung setzt sich in ihrem Herzen fest. Wie kann er so etwas von ihr denken? Natürlich, die Bilder sind da, aber … er hört ihr ja noch nicht einmal zu. Er muss völlig ausgerastet sein, so wie Barim aussah und doch kann er noch nicht einmal mit ihr darüber sprechen? Sie wird sich das nicht gefallen lassen. Statt nach Hause fährt sie direkt auf die nächste Polizeistation. Zwei Beamte bitten sie in ein Büro, als sie unter Tränen versucht zu erklären, was ihr passiert ist.

Die Männer sind sehr nett, sie bringen ihr etwas zu trinken. Sophie lässt alles heraus, sie zeigt die Bilder und bemüht sich zu erklären, was passiert ist, berichtet, was die Ärztin gesagt hat und wie schlecht sie sich fühlt. Sie kann sich noch immer an nichts erinnern. Einer der Beamten hat auf einem Computer alles mitgeschrieben, und als sie dann ihre Daten angegeben hat, soll sie Barims Namen nennen und was genau sie alles von ihm weiß.

Sophie erklärt, dass sie nur weiß, dass er Barim heißt und von den Da Silvas ist: Und das ändert alles.

Der Blick der Männer ändert sich, der eine Beamte stellt den Computer wieder aus und der andere Mann lächelt sie mitleidig an.

»Hören Sie, am besten Sie gehen nach Hause, schlafen sich aus und vergessen die ganze Sache. Im Grunde ist ja nichts passiert.« Sophie traut ihren Ohren nicht. »Nichts passiert? Haben Sie gerade nicht gehört, was ich gesagt habe. Der Mann …«

Der Beamte unterbricht sie.

»Gehört zu den Da Silvas. Da kommt niemand ran. Sie können die nicht anzeigen, niemand wird sich mit denen anlegen, wie ich es gesagt habe … gehen Sie nach Hause und …«

Sophies Stimme wird schriller. »Niemand? Sie sind doch die Polizei! Wie viel Macht können die denn haben, dass selbst die Polizei …?« Der andere Beamte steht gelangweilt auf und holt sich einen Schokoriegel aus einem Schrank.

»Wir sind hier nicht in Amerika. Hier läuft das anders. Puerto Rico gehört den Da Silvas und nicht nur Puerto Rico. Es tut mir leid, was passiert ist, doch da kann man nichts machen. Machen Sie einen Bogen um diese Männer, mehr können wir ihnen leider dazu nicht sagen.«

Als Sophie eine Stunde später die Pakete in den Laden schiebt und in ihre Wohnung zurückkehrt, fühlt sie sich noch elender, als sie es getan hat, nachdem sie den Laden verlassen hat.

Sie hat alles für möglich gehalten, aber nicht das.

Zu fertig, um unter die Dusche zu gehen, legt sie sich auf ihr Bett, noch völlig angezogen. Sie kauert sich wie ein Embryo zusammen und liest sich noch einmal Nickys Nachricht durch, sieht sich die Bilder an und beginnt alles herauszulassen, was sich in ihr angestaut hat.

Sie schließt die Augen und muss an den Moment denken, als sie am Morgen zuvor die Augen in Nickys Armen geöffnet hat und wirft wütend das Handy in die Ecke des Raumes, bevor sie die Augen erneut schließt und versucht, all das weit von sich zu schieben.

Kapitel 13

»Ich meinte M, nicht L.«

Beleidigt sieht die Kundin sie aus der Kabine heraus an. Sie hat nach dem falschen Kleid gegriffen. »Das tut mir leid. Ich habe das falsche genommen. Warten Sie einen Moment.« Sophie geht zurück ins Lager und holt die richtige Größe. Es war ein langer Tag, und als sie der letzten Kundin ihr gewünschtes Kleid verkauft hat, schließt sie müde den Laden zu, räumt alles weg, wischt den Laden noch einmal durch und geht dann nach oben in ihre Wohnung.

So langsam hat sie das, was an diesem Abend passiert ist, verdaut, wenn man das so sagen kann. Die Tage danach ging es ihr wirklich schlecht, sie hat zwei Tage ihr Bett kaum verlassen. Ihre Aushilfen sind eingesprungen und Luisa hat sie wieder aufgepäppelt. Sophie hat ihr nicht alles erzählt, nur dass Barim behauptet hat, mit ihr etwas gehabt zu haben und Nicky ihr nicht glaubt, dass das nicht so war und sich von ihr getrennt hat. Natürlich sagt Luisa, dass er Sophies Tränen gar nicht wert ist und das weiß sie im Grunde auch, doch das Ganze trifft Sophie viel härter, als sie es jemanden wissen lassen möchte.

Es hat gedauert, doch nach und nach hat sie sich wieder an Fetzen der Nacht erinnert. Barim hat sie nicht angefasst. Zumindest nicht auf dieser Art und Weise. Sie weiß noch, wie er sie nach Hause gebracht und ihr gesagt hat, dass er ihr beim Ausziehen hilft. Sie hat die Blutergebnisse, man hat dort nichts gefunden, was nachzuweisen gewesen wäre, doch Sophie weiß, dass er ihr etwas in den Drink gegeben haben muss.

Sie erinnert sich, dass sie bemerkt hat, wie Barim sie auszieht und sie ihn gefragt hat, was das soll und was er da macht. Da muss er die Fotos schon gemacht haben. Sie weiß, dass er dann gegangen ist, offenbar ging es ihm nur darum, Fotos zu machen, was sie einerseits beruhigt, dass da gar nichts zwischen ihnen war, doch andererseits ist sie dennoch schockiert, dass er so etwas tut und damit einfach davonkommt.

Sie kann ihn nicht anzeigen, Nicky glaubt ihr nicht. Er will ja noch nicht einmal mit ihr sprechen. Es ist jetzt knapp vier Wochen her. Sie hat immer wieder versucht, Nicky anzurufen und ihm geschrieben, doch er reagiert überhaupt nicht.

Am Anfang war sie einfach nur wütend. Sie hat seine Reaktion überhaupt nicht verstanden. Er hätte wenigstens mit ihr sprechen können, doch er hat sie behandelt, als wäre sie nicht einmal das wert. So langsam, wenn sie über all das nachdenkt, kann sie ihn sogar ein wenig verstehen.

So wie Nicky es immer erzählt hat, ist Barim wie ein Bruder für ihn. Die Da Silvas sind alles für Nicky und er wird Barims Worte nicht einmal anzweifeln. Es stellt sich die Frage, wieso Barim das alles tut. Sophie hat gesehen, wie eifersüchtig er war, als nur Nicky zu Dario gerufen wurde, und er hat kein Geheimnis daraus gemacht, dass er nichts von Beziehungen hält, doch dann Nicky und ihr so zu schaden? Sie so hereinzulegen? Er sieht Nicky niemals wie einen Bruder, doch am Ende ist das nicht mehr ihr Problem.

Sie hat sich oft gefragt, was geschehen wäre, wenn es andersherum gewesen wäre. Sie kennt eine ähnliche Geschichte, eine ihrer besten Freundinnen ist damals in der Highschool etwas Ähnliches passiert. Sie war fest mit einem Jungen zusammen, nach einer Party hat sie Bilder bekommen, wie der Junge mit einer anderen herumgemacht hat. Sie hat sich damals von ihm getrennt, auch Sophie hat ihr dazu geraten, muss sie ehrlich zugeben. Die Bilder waren Beweis genug. Auch der Junge wollte damals mit ihr sprechen und hat gesagt, dass er hereingelegt wurde und total betrunken war, aber sie hat nie wieder ein Wort mit ihm gewechselt.

Sophie hat nie wieder darüber nachgedacht und sie hatte ja nichts mit Barim, doch sie musste in den letzten Tagen immer wieder an diese Geschichte denken. Der Junge arbeitet jetzt in der Werkstatt seines Vaters, ihre Freundin lebt mittlerweile in New York. Wer weiß, was sonst aus den beiden geworden wäre, aber manchmal stellt sich das Schicksal in den Weg oder … jemand wie Barim.

Sophie ist noch immer wütend auf Nicky und auf Barim, doch sie merkt, dass sie das alles loslassen muss. Es bedrückt sie in allen Bereichen. Sie denkt ständig daran, es macht sie fertig und sie erkennt sich selbst kaum wieder.

Das Schlimme ist einfach, dass diese Sache, dieser Abend alles geändert hat und sie so wütend auf Nicky und seine Reaktion werden lässt, doch die Tage und Wochen vorher kann sie deswegen ja nicht einfach aus ihren Gedanken und ihrem Herzen verbannen. Sie vermisst ihn, ihre gemeinsame Zeit, und es passiert oft, dass sie nachts wach wird, nicht seine starken Arme um sich spürt und sich ein dicker Kloß in ihrem Magen bildet, der ihr immer wieder die Tränen in die Augen treibt.

Sophie geht an ihren Gefrierschrank und sieht nach, was sie sich auftauen kann. Sie ärgert sich über sich selbst, wieder beherrscht all das ihre Gedanken. Sie atmet tief aus und schließt das Gefrierfach wieder, nimmt sich ihre Handtasche und ihren Schlüssel und löscht das Licht. Sie wird verrückt, wenn sie nichts unternimmt. Es ist Samstagabend, sie wird Luisa fragen, ob sie etwas unternehmen wollen.

Luisas Laden ist noch eine Stunde länger offen als ihrer und sie ist mit Mikaela und Ana da. Die drei freuen sich, dass Sophie vorbeikommt. Sie setzt sich zu ihnen und fragt, ob sie Lust haben, mit ihr essen zu gehen, doch die drei sagen, dass doch heute die Neueröffnung der neuen Docks am Hafen stattfindet. Es gibt einen kleinen Rummel, viele Stände, Bands und auch ein neuer Club wird eröffnet. Eigentlich hat Sophie auf so viel Trubel dann doch nicht die Lust, doch nun überreden die drei sie und am Ende geht Sophie zurück zu sich, um sich fertig zu machen. Sie muss dringend wieder unter Leute kommen und meistens kommt die Lust erst dann, wenn man einfach losgeht. Außer einer Tiefkühlpizza hat sie nichts dagegenzuhalten.

Sophie öffnet ihre Haare, schminkt sich und zieht eine hellblaue Jeans mit einigen Löchern an. Sie sieht sich lange in ihrem Kleiderschrank um, dann geht sie nach unten, nimmt sich ein bauchfreies weißes Top von der Stange und sieht sich zufrieden im Spiegel an. Sie fühlt sich endlich mal wieder sexy und gut und sie wird diesen Abend genießen, es ist viel zu lange her, dass sie aus vollem Herzen gelacht hat.

Dass all das die richtige Entscheidung war, merkt sie spätestens, als sie am Hafen ankommen. Alles ist geschmückt, es wird überall laute Musik gespielt, sie essen an verschiedenen Ständen zahlreiche Leckereien, sie gewinnen zwei große Teddybären an Losständen und fahren auf dem Riesenrad, womit sie einen wahnsinnigen Blick über San Juan haben.

Sie haben wirklich viel Spaß und werden auch immer wieder von Männern angesprochen und flirten. Als es schon nach Mitternacht ist, sind sie mit zwei sehr netten Männern unterwegs. Ihnen gehört ein Restaurant im Einkaufszentrum am Hafen und der eine von ihnen versucht die ganze Zeit, mit Sophie zu flirten. Sie lässt sich nicht wirklich darauf ein, doch sie genießt diesen unbeschwerten Abend trotzdem.

Als die Männer vorschlagen, in einen Club zu gehen, sagen sie gleich zu. Der Abend war so schön, noch ein wenig tanzen, und dann ist er wirklich perfekt und Sophie hofft, dass sie es beim Tanzen wieder schafft, alles um sich herum zu vergessen.

Der Club ist voll, er ist viel größer als alle anderen Clubs, in denen sie bisher in San Juan war. Es ist gar nicht so leicht, dass sie alle zusammenbleiben. Hier gibt es sogar mehrere Tanzflächen und sobald sie auf einer angekommen sind, beginnen sie zu tanzen.

Es funktioniert, Sophie schafft es ziemlich schnell, alles auszuschalten. Luisa und sie tanzen eng zusammen und Sophie achtet auch nicht mehr auf die Männer, bis einer von ihnen, der, der schon die ganze Zeit versucht hat, sich an sie heranzumachen,

Sophie antanzt und ihr dabei einen Cocktail in die Hand geben möchte.

Sie ist die ganze Zeit felsenfest davon überzeugt, dass sie diese Geschichte verarbeitet hat, doch als sie auf den Cocktail blickt, versteinert sie. »Hast du keinen Durst?« Der Mann merkt sofort, dass etwas nicht stimmt, und Luisa, die gerade neben Sophie steht, flucht leise auf.

»Mist, ich dachte, du hast ihn nicht gesehen.«

Sophie sieht vom Cocktail weg und deutet dem Mann, dass sie ihn nicht möchte. Sie blickt verwundert zu ihrer Freundin.

»Von was redest du?«

Luisa deutet nach oben, auch hier gibt es wieder einen oberen Bereich, einen VIP-Bereich.

»Na Nicky. Er stand eine ganze Weile am Geländer und hat dich beobachtet. Ich hatte gehofft, du bemerkst ihn nicht und wie ich dumme Kuh gerade merke, hast du das auch nicht und ich rede einfach nur wieder zu viel.«

Sophie sieht sofort in die Richtung, in die Luisa zeigt. Er ist hier? Nicky? Sie entdeckt ihn nirgends. »Ich glaube, der ist gerade gegangen … vergiss es einfach, Sophie, er war auch nicht alleine.« Luisa legt ihre Hand an Sophies Arm. Bei ihren Worten durchfährt sie ein Stich in der Magengegend, doch sie ignoriert das und sieht zum Ausgang. »Ich bin gleich wieder da!«

Wie oft hat sie sich all das immer wieder aufgesagt, die Gründe aufgezählt, wieso sie aufhören muss, Nicky zu vermissen und all dem hinterherzutrauern, was sie hatten, doch sie schiebt das alles von sich und geht schnell zum Ausgang, und tatsächlich sind gerade vier Autos vorgefahren worden und einige Frauen und Männer machen sich daran, sich auf die Autos zu verteilen.

Sophie erkennt Nuno, Adrian und dann sieht sie auf einen ihr nur zu vertrauten breiten Rücken: Nicky trägt eine Jeans und ein weißes Shirt, sie erfasst in Sekundenbruchteilen so viel und es trifft sie, wie sehr sie ihn vermisst und noch mehr trifft sie die Tatsache, dass er seinen Arm um eine schlanke Frau mit langen dunklen Haaren gelegt hat. Sie trägt ein enges schwarzes Kleid, hohe Hackenschuhe und eine tätowierte Schlange schlängelt sich um ihren Oberschenkel. Sophie kann sie nicht von vorne sehen, doch sie ist überzeugt davon, dass sie hübsch ist.

Sophie räuspert sich und ignoriert diesen pochenden Schmerz in ihrem Herzen.

»Nicky!«

Er dreht sich um. Ein erneuter Stich durchfährt sie, als seine dunklen Augen in ihre blicken. Für eine kleine Sekunde bildet sie sich ein, etwas Warmes in seinen Augen zu erkennen, wie sie es schon so oft gesehen hat, doch in der nächsten Sekunde werden seine Gesichtszüge härter und er sieht einmal an ihr hoch und herunter.

»Was willst du, Sophie?«

Auch seine Stimme, die Art, wie er mit ihr spricht, all das stößt sie von sich und zeigt deutlich, wie sauer er noch ist, doch sie hält seinem Blick trotzdem weiter stand.

»Ich habe die ganze Zeit versucht, mit dir zu sprechen. Ich denke, wir sollten ...«

Nicky lacht auf. Auch die anderen sind alle stehengeblieben; als Nuno sie erkannt hat, hat er aber allen angedeutet, sich schon in die Autos zu setzen.

»Rede keinen Blödsinn. Da gibt es nichts mehr zu reden. Vergiss dieses wir schnell wieder. Ich habe zu tun, du hattest doch auch gerade viel Spaß im Club, geh weiter feiern, ich werde mich jetzt ein wenig um die wichtigen Dinge des Lebens kümmern.«

Die Frau an seiner Seite ist neben ihm geblieben und er umfasst sie ganz, um seine Worte zu unterstreichen. Sie lacht auf und küsst seine Wange. Sie ist wunderschön und sexy und Sophie weiß, dass er die nächsten Stunden sicherlich nicht daran denken wird, was sie hatten, falls er das überhaupt in letzter Zeit getan hat.

Sophie sollte etwas erwidern. Ihm etwas von der angestauten Wut entgegensetzen, sich umdrehen und in den Club zurückgehen, doch sie schafft es nicht.

Sie bleibt stehen und sieht zu, wie Nicky und die Frau in ein Auto steigen und alle Wagen davonfahren.

Als ginge all das nicht noch schlimmer, hat sie sich nicht mehr im Griff haben können. Die Bilder von Nicky und der Frau sind in ihren Kopf gebrannt und der Gedanke, was sie die nächsten Stunden erleben werden, tut verdammt weh.

Sophie setzt sich auf die Stufen vor dem Club und sieht in den Himmel, um so zu verhindern, dass ihr Tränen die Wange herunterkullern. Sie hat viel zu viel geweint wegen all dem. Es reicht.

Auch wenn sie jetzt gerade nicht den stärksten Willen hat und sich zur Idiotin gemacht hat beim Versuch, ein weiteres Mal auf Nicky zuzugehen, hat ihr das gerade, so schmerzhaft es auch war, die Augen endgültig geöffnet. Es reicht! Sie hat alles getan, was sie konnte, alles versucht, sie weiß, dass es vorbei ist und dass es reicht. Sie muss das hinter sich lassen.

Sie spürt eine Hand an ihrer Schulter und Luisa setzt sich neben sie.

»Ist alles in Ordnung.«

Sophie lächelt matt und legt ihre Hand auf Luisas Hand.

»Ja, es ist vorbei und ich denke, ich kann das jetzt endlich akzeptieren.«

Kapitel 14

10 Monate später

»Das finde ich bewundernswert. Ich meine, es ist nicht so einfach, ein eigenes Geschäft zu führen, du trägst ein großes Risiko und hast es viel schwerer als jemand, der einfach nur eingestellt ist.«

Sophie lächelt und schneidet sich noch ein Stück der leckeren Pizza ab, sie hofft, dass das Gespräch sich wieder mehr in eine andere Richtung entwickelt und sich nicht nur um sie dreht. Mario sieht von seiner Pasta auf und lächelt sie an. »Das finde ich auch. Ich habe mir deinen Laden genau angesehen und er ist wirklich nett. Ich bin mir sicher, mit anderen Farben, etwa in schwarz-weiß und moderneren Möbeln kannst du noch mehr Kunden anlocken. Daraus kann man etwas ganz Großes machen.«

Sophie schluckt ihren Bissen herunter und muss aufpassen, sich nicht zu verschlucken. Sie sieht zu Martha, eine gute Freundin von Luisa, auch sie versteht sich sehr gut mit der hübschen Blondine. Sie haben in letzter Zeit immer wieder etwas zusammen unternommen. Ihre Mädelsabende sind zu einer richtigen Routine geworden und vor zwei Wochen hatte Martha Geburtstag und sie waren alle bei ihr eingeladen.

Dort hat sie auch Mario kennengelernt, einen Arbeitskollegen von Marthas Freund. Sie haben sich den ganzen Abend unterhalten, und nachdem er nicht locker gelassen und immer wieder um ein Treffen gebeten hat und den Freund von Martha mit Fragen nach Sophie gelöchert hat, hat sie diesem Doppeldate heute zugestimmt. Mario war davor zweimal in ihrem Laden und hat ihr etwas zum Mittag gebracht. Sie haben die Mittagspause zusammen verbracht und viel miteinander geredet, und bisher hatte sie das

Gefühl, dass das vielleicht ganz gut passen könnte, doch jetzt sieht sie hoch und in seine Augen.

»Natürlich könnte ich das, doch dann wäre das nicht mehr mein Laden. Ich mag meinen Laden und ich würde da nichts dran ändern, auch wenn ich dann mehr verdienen würde, wobei ich mich auch gar nicht beschweren kann ...« Martha zwinkert ihr zu, sie weiß, wie viel Sophie ihr kleines Geschäft bedeutet.

»Martha hat erzählt, dass du nicht für immer in Puerto Rico bleiben möchtest? Zieht es dich zurück nach Massachusetts?« Sophie hat keine Lust mehr, über ihren Laden zu sprechen, ja, sie hat die letzten Monate immer wieder darüber nachgedacht, den Laden zu schließen und zurückzukehren, doch sie hat den Gedanken jedes Mal schnell wieder verworfen.

Sie hat so viel Liebe und Zeit in dieses Geschäft gesteckt, sie kann das alles nicht aufgeben, nur weil es für sie schwer ist, mit einer Situation umzugehen. Sie wird nicht einfach so aufgeben, sie liebt ihren Laden und das Leben hier noch viel zu sehr dafür, und mittlerweile geht es auch wieder, man lernt mit der Zeit, mit allem zu leben. Sobald ihre Gedanken wieder in diese Richtung wandern, zwingt sich Sophie, an etwas anderes zu denken.

»Sicherlich irgendwann, doch gerade nicht. Ich hatte nie vor, für immer hier zu bleiben, doch eine Weile werde ich sicher noch hier sein.« Martha bemerkt, dass Sophie keine Lust mehr hat, über ihren Laden zu sprechen und wechselt gekonnt das Thema. Nach dem Essen gehen sie ins Kino.

Sie sehen sich einen Actionfilm an und nach einer halben Stunde spürt Sophie, wie ihre Augen immer schwerer werden und sie gegen den Schlaf ankämpfen muss. Sie entschuldigt sich, dass sie auf die Toilette muss und macht sich dort ein wenig frisch. Sie ist noch viel zu jung, um schon so früh schlapp zu machen, doch sie schläft nicht mehr so gut und tief und das merkt sie immer mehr.

Der Film ist nicht so interessant, wie sie gehofft hatte und so lässt sie sich Zeit, bis sie die Toilette wieder verlässt, wobei sie fast in Mario hineinläuft.

»Hey, ich wollte nachsehen, ob alles in Ordnung ist.« Sophie hebt die Augenbrauen. »Ja, natürlich. Mir geht es gut. Ich … war nur auf Toilette.« Er lächelt erleichtert und kommt auf sie zu. »Ich bin wirklich froh, dass wir uns nun besser kennenlernen. Ich mag dich wirklich und ich denke, dass das mit uns gut passen würde.«

Das tut es vermutlich. Mario ist ein erfolgreicher, hübscher Mann in Sophies Alter. Er ist sehr zuvorkommend und ganz verrückt nach ihr, was wünscht sich eine Frau mehr? Im selben Moment, als sie das denkt, beugt sich Mario zu ihr hinunter und verschließt ihre Lippen mit seinen.

Sophie schließt die Augen, als Mario sie zärtlich zu küssen beginnt. Sie versucht, den aufkommenden Schmerz in ihrer Brust zu ignorieren. Sie küsst ihn zurück, doch als er den Kuss vertiefen will, springen ihr Fetzen von Erinnerungen in ihren Kopf, die sie weit von sich geschoben hat.

Sie muss ihre Augen zusammenkneifen, als sie plötzlich Nickys glänzende Augen vor sich sieht, seine weichen Lippen auf ihren spürt und sich daran erinnert, wie sehr sie es geliebt hat, wenn er sie geküsst hat. »Ist alles in Ordnung?« Sophie bricht den Kuss ab, wahrscheinlich etwas zu schnell. Sie nickt und lächelt viel zu gespielt und tritt drei Schritte zurück. »Ja, es ist alles … ich bin gleich wieder da.«

Verdammt, wie unangenehm. Sophie stützt sich am Waschbecken ab, nachdem sie noch einmal auf die Toilette geflüchtet ist. Wie in Trance sagt sie sich alle Gründe auf, wieso sie nicht mehr an IHN denken soll. Wieso sie IHN endlich aus ihrem Herzen verbannen soll. Sie weiß, sie kennen sich gar nicht sehr lange, sie hat schon längere und festere Beziehungen hinter sich und doch hat noch niemals ein Mann so ihre Gedanken und ihre Gefühle beherrscht wie er. Sophie sagt sich all das wieder gedanklich auf und sieht dabei in den Spiegel.

Als hätte sie es geahnt, dass ihr die Nähe zu einem anderen Mann wieder vor Augen führt, wie sehr sie seine vermisst, hat sie diese Nähe eine ganze Weile vermieden. Sie hat alles dafür getan, sich Nicky schlecht zu reden. Irgendwann hat sie auch mit Antoni darüber gesprochen, also nicht über alles, aber sie hat ihm gesagt, dass sie etwas mit Nicky hatte und dass es kein gutes Ende genommen hat, was ihn nicht sehr zu verwundern schien. Nach und nach hat sie so richtig verstanden, was die Da Silvas sind und dass man zwar sehr gut unter ihrem Schutz leben kann, doch nicht unbedingt mit ihnen.

All das weiß Sophie natürlich, und doch steht sie jetzt hier und versucht, das Bild von Nicky wieder aus ihren Gedanken zu vertreiben. Nachdem sie sich wieder ein wenig gefangen hat, geht sie nach draußen. Mario ist nicht mehr da, sie geht in den Kinosaal zurück und setzt sich zwischen Martha und Mario. Ihr ist das alles sehr unangenehm, doch Mario hält ihr die Tüte Popcorn hin und lächelt, als wäre nichts passiert.

Auch den Rest des Abends lässt er sich nichts anmerken, er bringt sie noch bis zu ihrem Laden, wo er sich im Auto noch einmal zu ihr beugt und ihr einen einfachen Kuss auf die Lippen gibt. »Was denkst du? Möchtest du vielleicht am Wochenende mit zu meiner Familie aufs Land kommen?« Überrascht sieht Sophie ihn an. Entweder ignoriert er es, dass sie nicht die gleichen Gefühle hat, wie er sie offenbar entwickelt, oder er ist genauso gut im Verdrängen wie sie.

»Ich habe momentan viel zu tun, Mario. Tut mir leid. Danke für den schönen Abend. Ich schreibe dir, in Ordnung? Komm gut nach Hause.«

Sie steigt aus und geht in ihren Laden und direkt in ihre Wohnung. Nun ist sie richtig wach. Sie geht duschen und setzt sich im Slip und mit Top noch auf ihre Terrasse. Die Sonne wird bald wieder aufgehen. Vielleicht war es auch die Erinnerung, die sie wieder so durcheinander gebracht hat, als vor wenigen Stunden ihr Handy gepiepst hat.

Als sie nun ihr Handy in die Hand nimmt und noch einmal diese Erinnerung aufruft, kann sie nicht anders. Sie streicht mit ihrem Finger über das Display und lächelt. 'Nicky B-Day'.

Der Abend bei der Neueröffnung der Docks war das letzte Mal, dass Sophie etwas von Nicky gehört hatte und ihn gesehen hat. Auch wenn es ihr wirklich schwerfällt, hat sie es geschafft, all das weit von sich zu schieben, zumindest äußerlich, aber heute hat sie deutlich gespürt, dass sie noch nicht so darüber hinweg ist, wie sie sollte.

Luisa hat ihr gesagt, dass sie Nicky hin und wieder gesehen hat, auch immer mal wieder in der Nähe ihres Ladens und sie ist sich auch ziemlich sicher, sein Auto eines Nachts vor Sophies Laden hat stehen sehen, doch Sophie hat gar nicht erst angefangen, sich darüber Gedanken zu machen, es hätte sie nur wieder zurück- geworfen.

Doch nun sind Wochen und Monate vergangen und sie ruft ihren Nachrichtendienst auf. Sie guckt ständig nach, was für ein neues Profilbild Nicky wieder hat. Er wechselt seines häufiger, mal ist er mit Nuno oder einem anderen Mann drauf, selten mal alleine, doch jedes Mal ist es wie ein Stich ins Herz, sich diese Bilder anzu- sehen. Gerade hat er ein Bild, was ihn in einem Anzug zeigt. Er hat den Arm um diesen Adrian gelegt und beide lächeln in die Kamera. Sie hat ihr Herz an diesen Mann verloren, das wird sie nicht mehr rückgängig machen können, doch sie kann verhindern, dass es sie kaputtmacht.

Ihr Profilbild ist schon lange einfach nur ein Bild ihres Ladens. Wie langweilig. Sophie guckt in ihre Fotos auf ihrem Handy. Dabei fällt ihr Blick auf das Armband mit dem Herbstblatt, was sie nie wieder abgelegt hat. Sie trägt es immer. Kein Bild gefällt ihr richtig, bis sie eines aus dem Sommer findet. Sie war drei Wochen zu

Hause und hat sich dort erholt. Ihr Vater hat gemerkt, dass ihr die Geschichte mit Nicky sehr nah geht und hat sie viel abgelenkt. Auf dem Bild sind sie beide auf den Berg gewandert, wo sie auch mit Nicky war.

Sie trägt eine kurze Shorts und ein einfaches Top, ihre Haare sind zu einem hohen Zopf gebunden und sie strahlt in die Kamera, mit diesem wunderschönen Panorama im Hintergrund. Sophie legt noch einen schönen Filter drauf und stellt das Bild als neues Profilbild ein, bevor sie Nicky seit Monaten wieder eine Nachricht schreibt.

'Herzlichen Glückwunsch zum Geburtstag, lass dich schön feiern.'

Einfach, doch es reicht.

Sophie atmet tief die Luft der klaren Nacht Puerto Ricos ein, sie will aufstehen und langsam ins Bett gehen, da klingelt ihr Handy plötzlich und sie sieht überrascht, dass es Nicky ist. Sophie setzt sich wieder und nimmt das Gespräch an.

»Hallo?« Es ist laut bei Nicky.

»Hallo, wie geht es dir?« Seine raue Stimme hört sie trotz der Musik in Hintergrund klar und deutlich, ihr Herz schlägt aufgeregt in ihrer Brust. Sie hat seine Stimme so sehr vermisst. Er scheint in einem Club zu sein.

»Ähmm … mir geht es gut. Wie geht es dir? Ich wurde gerade an deinen Geburtstag erinnert. Herzlichen Glückwunsch, wie ich höre, feierst du bereits.«

Nicky lacht leise auf. »Ja, mal wieder. Danke, wie läuft es bei dir im Laden?« Man hört, dass Nicky nicht nüchtern ist oder er etwas genommen hat. Seine Stimme ist nicht wirklich klar.

Sophie kann nicht glauben, dass sie wieder miteinander sprechen und räuspert sich leise. »Sehr gut. Ich bin zufrieden und wie geht es dir?«

Einen Moment ist es still und Sophie hört, wie Nicky laut ausatmet, als müsste auch er gerade mit seinen Gefühlen kämpfen.

»Du fehlst mir unglaublich.«

Sophie treten sofort Tränen in die Augen und sie schließt sie.

»Du mir auch.«

Nun wird es leiser bei Nicky und es dauert, bis er wieder etwas sagt.

»Doch das ändert leider nichts.«

Das weiß sie, auch wenn es ihr das Herz bricht. Er räuspert sich und sie hört, wie ein anderer Mann ihn ruft.

»Pass auf dich auf, Sophie.«

Sie nickt, auch wenn er es nicht sehen kann.

»Du auch auf dich und feier schön.«

Nachdem Sophie das Gespräch beendet, wischt sie sich die Tränen weg und schüttelt den Kopf. Es ist gut zu wissen, dass auch ihn diese Trennung nicht so kalt lässt, wie Sophie es immer gedacht hat. Es zeigt ihr, dass sie sich diese Gefühle nicht alleine eingebildet hat und dass das auch für ihn etwas Besonderes zwischen ihnen war, doch im Grunde hat Nicky recht: Es ändert nichts.

Kapitel 15

»Aber sexy ist er schon.«

Sophie hängt die Kleider wieder auf, die die zwei Freundinnen gerade alle anprobiert haben. Sie merkt, wie ihre Gedanken wieder gewandert sind und sieht Luisa verwundert an. »Wer?«

Ihre Freundin hebt die Karte hoch, die in dem großen Blumenstrauß eingesteckt war, den sie heute morgen bekommen hat. Sie hat sich noch zweimal mit Mario getroffen, doch dann wollte sie einfach ehrlich sein und hat ihm gesagt, dass sie nicht die Gefühle für ihn hat, die er verdient hat und ihm angeboten, einfach nur befreundet zu sein.

Im ersten Augenblick ist er richtig wütend geworden. So hatte Sophie ihn gar nicht eingeschätzt. Er hat seine Stimme erhoben und sie böse angesehen und gefragt, ob das ihr Ernst sei. Sophie hat ihm klargemacht, dass das ihr absoluter Ernst ist, dann ist er einfach gegangen.

Auch wenn sie ziemlich überrascht von seiner Reaktion war, hat sie verstanden, dass es ihn verletzt hat und sie hingenommen. Eigentlich dachte sie, das Thema hat sich damit erledigt, doch letzte Woche stand er plötzlich im Laden und wollte sich entschuldigen.

Dabei ist es aber nicht geblieben, seitdem bekommt sie ständig Blumen, Obstkörbe, Parfüms und einiges mehr zugeschickt. Der Briefträger hat schon jeden Tag ein größeres Strahlen im Gesicht. Sophie schreibt Mario jedes Mal, dass sie das unangenehm findet und bittet ihn, das einzustellen, doch aus dem Blumenstrauß auf ihrer Theke kann man schließen, dass er das nicht so ernst nimmt.

»Also leider stimmt das Sprichwort doch zu oft, dass man das wahre Gesicht eines Menschen erst beim Abschied sieht. Ich finde ihn momentan alles andere als sexy. Er hat mich gestern versucht anzurufen und als ich nicht rangegangen bin, hat er unglaubliche zwölfmal hintereinander angerufen, bis ich das Handy ausgeschaltet habe. Ein Nein ist für ihn sehr schwer zu akzeptieren.«

Luisa lacht auf. »Welcher Mann akzeptiert das schon? Ich beneide euch, ich würde so gerne mitkommen.« Sophie beginnt mit der Abrechnung und lächelt. »Du kannst den Abend mit alten Freunden noch absagen und ihn mit uns im Pearl verbringen.« Ihre Aushilfe kommt aus der Kabine und dreht sich. »Das wird der Hammer heute.«

Eine ihrer Aushilfen hat heute Geburtstag, mittlerweile sind sie ein richtig gutes Team geworden und Sophie hat die beiden zur Feier ins Pearl eingeladen. Dort ist heute Single-Night und sie drei sind single, von daher passt es.

Da es noch etwas zu früh ist, setzen sie sich nach Ladenschluss noch mit Luisa zusammen und essen leckeren Geburtstagskuchen, dabei entsteht solch ein schönes Foto, dass Sophie ihr Profilbild wieder ändert. Es ist jetzt bereits einige Tage her, dass Nicky Geburtstag hatte und sie hatten seitdem auch keinen Kontakt mehr. Er hat noch dasselbe Profilbild und Sophie ist richtig stolz, dass sie ihres zuerst gewechselt hat. Als sie dann merkt, worüber sie sich Gedanken macht, schüttelt sie nur leicht den Kopf und geht nach oben, um sich fertig zu machen.

Dieser Abend war geplant und Sophie hat sich ein schönes Paillettenkleid in Silber gekauft. Es ist eng und sexy und eigentlich nicht das, was Sophie trägt, doch sie hat es gesehen und wusste, dass dieses Kleid ihr sicherlich zu einem schönen Abend verhelfen wird, und genau das braucht sie gerade, einfach nur einen schönen Abend.

Sie macht ihre Locken noch kleiner und wilder, schminkt sich etwas stärker und verlässt dann doch ziemlich spät erst den Laden mit ihren beiden Aushilfen zusammen.

Natürlich ist das Pearl schon sehr voll. Sie war noch nie hier, hat aber gehört, dass es einer der besten Clubs sein soll.

Sie hat sogar einen Tisch im VIP-Bereich vorbestellt. Als sie diesen betreten, sieht sich Sophie unsicher um, ob doch noch irgendwo jemand der Da Silvas hier sitzt, aber sie sieht niemanden und atmet erleichtert aus.

Die Musik ist gut, sie stoßen an und keine halbe Stunde später sind sie auf der Tanzfläche. Ihre beiden Aushilfen sind noch etwas jünger als sie und nach einer knappen Stunde muss Sophie die beiden überreden, eine kleine Pause zu machen. Sie essen einige Kleinigkeiten und dann ziehen sie die beiden schon wieder zum Tanzen.

Auch dieses Mal hält Sophie länger durch, muss dann aber auf die Toilette und sagt den beiden Bescheid. Sie drängt sich durch die Menge zu den kleinen Gängen, in denen sich die Toiletten befinden und stockt, als sie in dem Gang plötzlich auf einen Mann blickt, der einem anderen ein größeres Paket in die Hand drückt und einen Umschlag einsteckt.

Sie hat sich so erschrocken, dass die Männer sie an ihrem Aufkeuchen bemerkt haben und auf Barims Gesicht stellt sich sofort ein breites Grinsen ein.

»Sophie, was für ein Zufall. Wenn du wüsstest, wie oft ich an dich ...« Die ganze Wut der letzten Wochen und Monate kommt aus ihr heraus und sie geht einfach weiter und ignoriert ihn. Er greift nach ihrem Arm, doch sie zieht ihn schnell weg.

»Hör mal, Sophie, es tut mir leid. Ich weiß, dass das damals scheiße war. Das hatte auch nichts mit dir zu tun, es war ein Spaß zwischen Nicky und mir. Ich wollte ihn nur ärgern und zeigen, dass alle Frauen gleich sind, doch ich schwöre, ich habe dich nicht angefasst. So etwas würde ich nie tun.«

Sophie schnauft auf. »Das weiß ich, doch das macht das Ganze nicht besser!« Sie geht auf die Toilette und ist dankbar, dass Barim ihr hierher nicht folgen kann. Sie geht in eine Kabine und schließt sich ein, setzt sich und atmet tief ein und aus. Sie hat all das so gut verdrängt und jetzt holt sie alles wieder ein. Dieser verdammte

Barim, ein Spaß? Er hat alles kaputt gemacht, was zwischen Nicky und ihr war und er findet, das war nichts weiter als ein Spaß?

Sophie atmet einige Male ein und aus und versucht, sich ein wenig zu beruhigen; als sie an das Waschbecken geht, kühlt sie ihren Nacken und geht dann erst wieder nach draußen, nur um erneut erschrocken zusammenzufahren.

Sie hatte gehofft, dass Barim bereits weg ist, doch er lehnt gegenüber an der Wand und sieht sie an. Dieses Mal ist er aber ganz ernst. »Hör zu, nochmal. Ich weiß, dass das nicht richtig war. Ich wusste nicht, dass das zwischen euch beiden so ernst war. Ich sehe es erst jetzt. Bis heute merkt man Nicky an, dass er daran zu knabbern hat. Ich habe das falsch eingeschätzt. Ich habe oft probiert, mit ihm zu reden, doch er wollte davon nichts mehr wissen. Ich war einige Male bei dir am Laden, doch dann habe ich mich einfach zu sehr geschämt, wieder aufzutauchen. Doch jetzt hier … das ist sicher mehr als ein Zufall. Genau jetzt findet gerade eine Feier statt, ich wollte dahin. Nicky ist da und wir beide können zusammen mit ihm sprechen und alles klären.«

Sophie sieht ihn ungläubig an, sie sollte noch nicht einmal mit diesem Idioten sprechen. »Und du denkst, das ändert etwas? Weißt du, wie viel Zeit vergangen ist und wie sehr …?« Barim unterbricht sie. »Das weiß ich und ich weiß nicht, ob es etwas ändert, doch ich bin mittlerweile der Meinung, Nicky sollte die ganze Wahrheit kennen und ich habe die Möglichkeit, mich bei euch beiden zu entschuldigen. Das ist alles, was ich möchte.«

Er atmet tief ein und Sophie sieht ihm in die Augen. Offenbar meint er das absolut ernst. Soll sie das wirklich machen? Alles noch einmal aufrollen? Nach all der Zeit? Doch sie lebt weiterhin mit diesem Schatten in ihrem Herzen. Vielleicht kann das das endlich ändern, auch wenn sie kaum eine Hoffnung hat, dass das zwischen Nicky und ihr wieder in Ordnung kommt, sie weiß ja nicht einmal, ob sie es selbst noch will, aber sie ist schon immer ein Mensch gewesen, der auf die Wahrheit setzt.

Barim bemerkt ihr Zögern und hebt die Hände. »Im Auto sitzt noch ein Freund von mir. Ich schwöre, ich benehme mich. Zur Party, alles klären, und dann können wir alle besser schlafen.«

Unbewusst verschränkt Sophie die Arme vor der Brust, sie sollte ihm nicht noch einmal trauen, das spürt sie, doch der Gedanke, endlich die Wahrheit über diesen Abend mit Nicky zu besprechen, so wie sie es die ganze Zeit wollte, lässt sie doch nicken.

»Okay, und dann komme ich zurück. Mehr nicht, wir besprechen das und dann bin ich weg.« Barim nickt und sie gehen zusammen zurück in den Hauptteil des Clubs. Sophie sagt Barim, dass er draußen warten soll und sucht ihre beiden Aushilfen, die gerade mit zwei Männern tanzen. Sie sagt ihnen, dass sie weg muss und vielleicht später noch einmal wiederkommt. Bezahlt ist schon alles, sie hatte ein All-Inclusive-Paket gebucht und so verlässt sie den Club und steigt hinten in das Auto, das bereits vor dem Club wartet.

Ein Mann, den Sophie noch nie gesehen hat, und Barim sitzen vorne und sobald der Mann Gas gibt, bereut Sophie ihre Entscheidung. Sie hätte sich lieber nicht darauf einlassen sollen. Sie merkt allerdings schnell, dass sie wirklich ins Gebiet der Da Silvas fahren und der Gedanke, gleich bei Nicky zu sein und mit ihm zu sprechen, lässt ihr Herz viel schneller schlagen.

Sie fahren an den Wachen vorbei und Sophie sieht sich unsicher um. Als sie dann vor einem Haus halten, aus dem laute Musik kommt, weiß sie genau, dass das nicht Nickys Haus ist, doch hier scheint die Feier zu sein. Sie steigen aus und Barim nickt ihr zu. »Das wird schon. Es wird uns allen guttun.«

Zusammen gehen sie in das Haus. Überall stehen Männer und Frauen, sie steuern direkt eine geöffnete Terrassentür an und treten hinaus in den Garten. Sophie sieht sich um, in dem Moment lacht Barim laut auf und schreit in die Menge. »Ist die Party etwa schon vorbei?«

Er zieht Sophie an sich und in dem Augenblick begreift sie, dass sie diesem Mistkerl nie hätte trauen dürfen. Sie will sich losmachen und sieht in den Garten und direkt in Nickys Augen, der nur wenige Meter von ihnen entfernt steht und wütend zu ihnen sieht.

»Nicky, sieh, wen ich mitgebracht habe. Ich dachte, heute könnten wir beide mal ...« Plötzlich geht alles ganz schnell. Nicky stürzt sich auf Barim und beide fallen in die angelehnte Terrassentür. Glassplitter fliegen umher und Sophie schreit auf. Sie wird zur Seite gedrängt, weil mehrere Männer kommen und versuchen, Nicky und Barim zu trennen, was ihnen nicht leichtfällt.

Nicky schlägt immer wieder zu, er rast vor Wut, doch dann schaffen sie es und ziehen Barim aus dem Haus. Einige Männer bleiben bei Nicky und reden auf ihn ein. Sophie atmet hektisch ein und aus. Eine Frau kommt zu ihr und sieht ihr in die Augen. »Ist alles in Ordnung? Bist du verletzt? Du blutest. Komm mit!«

Völlig unfähig zu reagieren, lässt sie sich in ein Badezimmer bringen. Ein Mann kommt, bringt einen Verbandskoffer und lässt Sophie dann mit der Frau alleine, die ihr etwas Kaltes an die Wade sprüht und dann ein Pflaster auf einen etwas größeren Schnitt klebt. Eine Glasscherbe muss sie getroffen haben.

Nach und nach findet Sophie ihre Worte wieder, sie setzt gerade an etwas zu sagen, da geht die Tür auf und Nicky betritt das Bad. Wütend, fast genauso viel Wut wie vorhin ist in seinem Gesicht zu erkennen, als er sie nun ansieht. Die andere Frau verlässt das Bad schnell und Nicky baut sich vor ihr auf.

»Was soll der Scheiß? Was tust du hier?«

Auch er blutet, er muss ebenfalls etwas abbekommen haben und seine Augenbraue ist aufgeplatzt, doch er sieht sie unbeirrt weiter an. An seinen Händen erkennt sie aufgeplatzte Haut.

Und auch wenn sie sich nun so wieder gegenüberstehen, reagiert ihr Körper komplett anders, als er sollte. Sehnsüchtig zieht sich ihr Herz zusammen, als sie ihm in die Augen blickt und in sein hübsches Gesicht schaut, auch wenn er sie nur wütend anfunkelt.

»Ich habe Barim im Club getroffen, er hat mich wieder rein-
gelegt. Er hat mir gesagt, wir kommen her und klären alles mit dir,
dass er dir endlich die Wahrheit sagen will, dass niemals etwas zwischen Barim und mir war. Ich weiß nicht einmal, wie und wann er
die Bilder gemacht hat. Ich hätte dir nie wehgetan und bis heute
kann ich nicht glauben, dass du das wirklich von mir denkst und
dass du nicht einmal mit mir darüber gesprochen hast.«

Es ist sicher nicht der beste Zeitpunkt, doch Sophie hat all das
so lange in sich hineingefressen, dass sie nun nicht mehr an sich
halten kann und alles herauslässt und das nicht gerade leise, doch
alles, was Nicky tut, ist, sie weiter böse anzusehen.

»Jeden verfluchten Tag kämpfe ich mit mir, um diese ganze
Sache endlich zu vergessen. Alles was ich versuche, um mich von
dir abzulenken, funktioniert nicht und es gibt nichts, was ich gegen
meine Gefühle tun kann, und dann hast du auch noch den Nerv,
hier noch einmal mit Barim aufzutauchen?«

Er dreht sich um und reißt dabei die Tür so laut auf, dass sie
zurückschlägt und Fliesen an der Wand zerspringen. Sophie spürt,
wie sie zu zittern anfängt. Sie würde ihm am liebsten hinterher-
gehen und ihn anschreien, doch sie sieht in viele fremde Gesichter,
die sie alle besorgt ansehen.

Die Frau kommt wieder zu ihr und legt den Arm um sie. »Die
Party ist eh vorbei. Ich bring dich nach Hause.« Sophie kann sich
zusammennehmen, sie steigt mit der fremden Frau ins Auto und
lässt sich von ihr nach Hause bringen. Sie schafft es noch, ihr zu
sagen, wo sie lebt, dann bricht ihr Verstand zusammen. Sobald sie
losfahren, kann Sophie ihre Tränen nicht mehr zurückhalten. Sie
spürt, wie langsam das Auto ist und dass die Frau immer wieder
über ihren Arm streicht, doch es dauert, bis Sophie ihren Kopf
nach hinten legt und versucht, sich wieder zu fangen, das musste
heraus.

»Mach dir keine Sorgen, ich weiß, wie scheiße das mit den Da
Silvas sein kann. Du weißt genau, dass dir diese Männer nicht gut-

tun und doch kannst du es auch nicht sein lassen. Glaub mir, ich kenne das Gefühl.«

Das Auto hält und Sophie sieht zu der Frau, sie hat hier die ganze Zeit geweint, und diese Frau hat sich so liebevoll um sie gekümmert, dabei hat Sophie sie noch nicht einmal richtig angesehen. Als sie das jetzt nachholt, sieht sie in ein hübsches Gesicht, das sie anstrahlt. »Es tut weh, doch glaube mir. Am Ende sind wir ohne diese Männer besser dran. Ich versuche, mich auch daran zu halten, auch wenn es schwerfällt. Schlaf etwas und ruh dich aus. Morgen scheint die Sonne wieder.«

Sophie nickt und bedankt sich. »Wie heißt du eigentlich?« Die Frau lacht leise auf. »Tanja.« Sophie schafft es zu lächeln. »Danke, Tanja.«

Sie geht langsam zu ihrem Laden und erschrickt, als plötzlich aus der Ecke ein Schatten auf sie zukommt, doch dann erkennt sie Nicky und ihr Herz schlägt schneller, als er zu ihr kommt, ihr in die Augen sieht und von all der Wut nichts mehr übrig ist. Seine Hände umfassen ihr Gesicht und er küsst sie so verlangend, dass sich alles in Sophie lustvoll und sehnsüchtig zugleich zusammenzieht.

»Nicky.« Ihre Stimme ist nur ein leises Flüstern zwischen zwei Küssen, ihr Herz rast und sie fasst ungeduldig unter sein Shirt. Sie beide haben die letzten Wochen und Monate kein Wort miteinander gesprochen, doch dieser Kuss zeigt beiden deutlich, wie sehr sie sich vermisst haben, manchmal braucht man dafür keine Worte.

Der Kuss wird immer wilder, sie stoßen gegen die Ladentür und Nicky greift ohne ihren Kuss zu trennen nach dem Ladenschlüssel, den Sophie in der Hand hält. Er schafft es aufzuschließen, doch all das bekommt Sophie nicht mit. Sie zieht ihm ungeduldig sein Shirt aus, streicht über seine Muskeln, küsst ihn so fordernd zurück, dass er aufkeucht und sie sofort weiterküsst, während er die Ladentür hinter ihnen ins Schloss fallen lässt und sie hinter die

Ladentheke drängt. Hier steht ein kleinerer Tisch und Nicky setzt sie darauf. Er zieht ihren Slip herunter und spürt, wie bereit sie für ihn ist, während sie seine Hose öffnet.

Es ist so viel zwischen ihnen und doch zählen in diesem Moment nur die Gefühle, die zwischen ihnen durch die Luft zucken. Nicky vereint sie schnell und sie beide stöhnen laut auf, als wäre es genau das, was sie seit Monaten gebraucht haben. Statt langsamer lieben sie sich schnell und verlangend. Sie beide kommen so stark, dass Sophie nicht weiß, ob sie schon einmal etwas ähnliches gespürt hat. Doch auch dann verlässt Nicky ihre Lippen nicht einmal.

Sie holen kurz Luft, und er küsst sie erneut, doch dieses Mal langsamer, der erste Hunger wurde befriedigt und nun zeigt er ihr liebevoll, wie sehr er sie vermisst hat, auch ohne Worte zu verwenden. Er bringt sie nach oben, ohne dass sie sich lösen und legt sich über sie aufs Bett.

Sophie kann ihre Tränen nicht zurückhalten, als sich Nicky erneut in ihr zu bewegen beginnt, dieses Mal aber jeden Zentimeter ihres Körpers streichelt und liebkost und das mit einer Zärtlichkeit und Ehrfurcht, die man einem Mann wie ihm niemals zutrauen würde.

Sophie umfasst sein Gesicht, sieht auf seine Wunden, küsst seine Lippen und flüstert ihm zu, wie sehr er ihr fehlt, bevor Nicky ihre Lippen wieder vereint.

Als ihre beiden Körper zur Ruhe kommen, hat Sophie schon lange die Augen geschlossen. Sie ist müde und befriedigt und das vor allem in der Sehnsucht nach Nicky. Sie ist noch wach, doch lässt ihre Augen geschlossen, als er sich aufsetzt. Sie weiß es, sie weiß tief in ihrem Herzen, dass das heute nur auf ihre Gefühle zurückzuführen ist und nichts mit ihrem Verstand zu tun hat.

Trotzdem sammeln sich erneut Tränen in ihren Augen, als er sich über sie beugt und zärtlich ihre Lippen und ihre Wange küsst. Er denkt sie schläft und sie öffnet ihre Augen auch nicht.

Seine raue Stimme streift ihr Gesicht. Es ist das Einzige, was er, seit er sie abgefangen hat, zu ihr gesagt hat.

»Ich liebe dich, mehr als du wahrscheinlich ahnst, doch auch das … ändert nichts.«

Sophie kneift ihre Augen schmerzvoll zusammen, obwohl sie bereits geschlossen sind. Sie spürt seine Lippen auf ihrer Stirn und hört, wie er den Laden und sie verlässt.

Kapitel 16

»Das ist doch nicht euer Ernst?«

Luisa lacht und umarmt sie. Heute ist ihr Geburtstag und sie haben auf dem Hinterhof der umliegenden Läden einen Grill, ein paar Holzbänke und einige Laternen aufgestellt, alles heimlich vorbereitet und alle Mitarbeiter der umliegenden Läden haben sich nach Ladenschluss hier eingefunden und feiern jetzt Luisa, die Sophie gerade hergelockt hat.

»Happy birthday to you, happy birthday to you, happy birthday ...« Sophie umarmt ihre Freundin und sieht erst dann so richtig, wer sich hier alles eingefunden hat. Neben all den Ladenbesitzern sind auch einige von Luisas anderen Freunden da, und Sophie seufzt leise auf, als sie Martha, ihren Freund und Mario entdeckt.

Die letzten Wochen ist sie ihm gekonnt aus dem Weg gegangen, je mehr sie ihn aber gemieden hat, umso aufdringlicher wurde er. Er hat es nicht sein lassen, ihr ständig Sachen zu schicken oder in der Mittagspause einfach aufzutauchen. Es war sogar schon so schlimm, dass Sophie früher Schluss gemacht hat, sich in ihre Wohnung zurückgezogen und die Klingel abgeschaltet hat, nur um ihm zu entgehen.

Seit einigen Tagen war jetzt Ruhe und sie hofft, dass er es wirklich verstanden hat und dies hier nur ein Zufall ist. Der Kuchen wird gebracht, Luisa pustet die Kerzen aus und packt ihre Geschenke aus. Sophie beobachtet alles ungeduldig, bis ihre Freundin ihres in der Hand hält und etwas irritiert auf die Kokosnuss mit dem Strohhalm blickt.

»Danke … das ist … nett.« Sophie lacht und deutet auf einen Koffer, der in einer Ecke steht. »Die ganzen letzten zwei Wochen musste ich mir anhören, wie toll du unseren Trip nach Mexiko morgen früh findest und was wir dort alles tun sollen, und da haben wir beschlossen … dass du einfach mitkommst.«

Sophie strahlt, als sie den Wechsel von überrascht zu schockiert zu überglücklich auf Luisas Gesicht entdeckt. Ihre Freundin springt ihr freudig in die Arme und bedankt sich. In zwei Tagen ist eine Messe für Textilien und Dekorationen in Mexiko. Auch Nelly wird dort sein und Sophie und eine ihrer Aushilfen bleiben auch für vier Tage da. Solange ist ihr Laden nur halb geöffnet, doch sie haben es hinbekommen, und neben der Messe haben sie sich in einem Spa-Hotel eingemietet und nutzen die Tage zum Relaxen.

Sie freut sich schon lange auf die Reise, nach diesen turbulenten Wochen und neben Nelly auch Luisa dabei zu haben, das verspricht viel Spaß. Morgen geht es ganz früh los und sie hat ihre Freundin wirklich überraschen können. Die Feier beginnt und sie verteilen sich über den Hof, essen, tanzen und quatschen. Sophie muss selbst noch packen und wird etwas früher gehen, doch sie wird dann mit Luisa auf dem Flug weiterfeiern können.

»Mexiko, ja? Das ist eine gute Idee. Ich bin auch hin und wieder da. In welchem Hotel seid ihr?« Sophie dreht sich zu Mario um und lächelt. Sie möchte auch nicht unhöflich sein, er ist ja kein schlechter Mensch, er weiß nur nicht so richtig, wann es genug ist, doch ob gerade sie sich da solch ein Urteil erlauben kann? Auch sie sollte einige Sachen schon längst abgeschlossen haben, die ihr noch sehr zu Herzen gehen.

»Wirklich? Warst du das? Wo warst du denn?« Sie versucht einfach, seine Frage zu übergehen und stellt ihm einige Gegenfragen, was auch funktioniert. Er erzählt von Mexiko, Sophie hört zu und nickt ab und zu, bis Luisa kommt und sie einfach mitzieht, weil sie noch einige Fotos machen wollen.

Um Mario aus dem Weg zu gehen, verlässt Sophie die Feier dann auch schnell, um noch zu packen. Sie sagt Luisa, wann sie sie mit einem Taxi abholen kommt und geht in ihre Wohnung zurück. Dort duscht sie erst einmal, zieht sich eine bequeme Jogginghose und ein Top an, darüber eine Kapuzenjacke, da es im Flieger immer kalt ist. Sie packt den Rest der Sachen in ihren Koffer und setzt sich auf ihre Terrasse.

Luisa hat ihr einige der Fotos geschickt, die sie gerade geschossen haben und eines sieht besonders schön aus. Sophie strahlt mit Luisa und ihren Freundinnen um die Wette, Sophie macht das Foto zu ihrem neuen Profilbild. Sie kann es nicht abwarten, ein Bild von sich Cocktail schlürfend am Strand einzustellen. Sie hofft wirklich, dass dieser Urlaub ihr ein wenig mehr innere Ruhe bringt.

Natürlich sieht sie nach, ob Nicky etwas verändert hat, doch das hat er schon seit einer Weile nicht mehr. Seit ihrer gemeinsamen stürmischen Nacht, wenn man das so nennen kann, sind schon wieder einige Tage vergangen.

Die ersten Tage hat Nicky sich gar nicht gemeldet, in Sophies Ohren klingeln noch immer die Worte, dass er sie liebt und sie weiß, dass es, auch wenn sie es vielleicht gedacht hat, nicht so einfach für Nicky ist. Er kämpft gegen die Gefühle für Sophie und mit seinem Stolz, der ihm einredet, er muss sie vergessen wegen der Sache mit Barim. Doch es gelingt ihm nicht so gut, wie er es gerne hätte, genauso wenig wie ihr.

Irgendwann hat er ihr wieder geschrieben. Ganz einfach, immer nur, wie es ihr geht und ob alles in Ordnung ist, alle paar Tage. Das läuft jetzt schon eine ganze Weile so. Auch vorhin, als sie Luisa abgeholt hat, kam diese Nachricht und erst jetzt antwortet Sophie. 'Ja ich bin auf dem Weg nach Mexiko, es ist alles bestens und bei dir?'

Sie will das Handy weglegen und ins Bett gehen, um vielleicht noch etwas Schlaf zu bekommen, da ruft er an.

Sophies Herz rast. Damit hätte sie nicht gerechnet.

»Hallo.«

Bei Nicky ist es leise.

»Hallo, was machst du in Mexiko?«

Sophie setzt sich wieder.

»Dort ist eine Messe und wir machen ein paar Tage Urlaub, wo bist du gerade?« Er hat ihr jedes Mal aus einem anderen Land geschrieben, zurzeit scheint er viel zu tun zu haben.

»Ich bin heute zurück nach Puerto Rico gekommen. Hast du mein Paket nicht bekommen? Das mit der Reise ist keine gute Idee. Wieso gerade Mexiko?«

Okay, sie reden seit Monaten nicht miteinander, aber jetzt beschwert er sich über ihr Urlaubsziel.

»Ich habe meine Pakete noch nicht durchgesehen.«

Sophie läuft gleichzeitig die Treppe hinunter. Der Postbote hat heute einige Pakete gebracht, doch sie hatte so viel zu tun, dass sie sie nur hinter die Theke geschoben hat.

»Wie gesagt, das ist eine Messe, wo liegt das Problem bei Mexiko?«

Sie geht die Pakete durch und findet wirklich eines, bei dem als Absender nur Nickys Name steht. Er hat ihr tatsächlich etwas geschickt.

»Wir haben gerade viele Probleme mit Mexiko und es ist nicht ungefährlich dort.«

Sophie ist zu neugierig und öffnet das Paket gleich.

»Das kann ja sein, doch das heißt ja nicht, dass es für mich gefährlich ist. Ich schätze, diese … Familia-Angelegenheiten werden nicht in den Messehallen und meinem Spa-Hotel erledigt.« Nicky lacht auf und Sophie ist selbst überrascht, wie locker sie sofort wieder mit ihm umgehen kann, obwohl so viel und so unschöne Dinge zwischen ihnen passiert sind.

»Du hast recht.«

Sophie hat das Paket aufbekommen und zieht ein wunderschön verziertes Kreuz aus einer Verpackung. Es ist handgeschnitzt und ein Zettel liegt bei.

»Dieses Kreuz soll jedes Haus schützen, segnen und nur noch das Glück ins Haus lassen. Es ist aus den Bäumen der Erde des heiligen Landes geschnitzt und ist mit dem Weihwasser des heiligen Landes gesegnet worden.«

Sophie liest den Zettel laut vor und sieht auf das wunderschöne Holzkreuz. »Ich habe es gesehen und dachte, es passt gut in deinen Laden.«

Wie kann er nach alldem immer noch so sein und ihr Herz erneut brechen?

»Danke, das bedeutet mir sehr viel. Ich werde es gleich anhängen.«

Nicky räuspert sich.

»Okay, ich muss schlafen. Pass auf dich auf in Mexiko.« Sophie kommt nur dazu, ein kurzes »Okay danke« zu murmeln und schon hat Nicky viel zu schnell das Gespräch beendet. Wahrscheinlich war ihm das dann doch wieder zu nah und sein Stolz hat aus ihm gesprochen. Doch Sophie lächelt trotzdem, sie hängt das Kreuz auf und sieht es sich zufrieden an.

Sie nimmt ihr Handy heraus und kann nicht anders. Sie macht ein Foto von dem Kreuz und schickt es ihm. 'Du fehlst mir.' Sie kann nicht anders. Sie legt ihr Handy weg und legt sich noch für zwei Stunden in ihr Bett, und obwohl sie gar nicht damit rechnet, dass sie wirklich einschläft, tut sie es doch. Als sie dann aufwacht, muss sie sich beeilen und erst kurz vor dem Flieger bemerkt sie, dass Nicky ihr geantwortet hat, womit sie nicht gerechnet hätte.

'Du mir auch.'

Sie lächelt. Jetzt wird sie erst einmal ein paar entspannte Tage mit ihren Freundinnen verbringen und dann wird sie noch einmal überlegen, ob sie doch noch einmal versuchen soll, mit Nicky zu sprechen, oder ob sie seine kleinen Schritte auf sie zu einfach abwarten soll.

Mexiko ist ein Traum. Zumindest die Teile Mexikos, in denen sie sich aufhalten. Sie sind auf der Messe, auf der Sophie viele neue Bekanntschaften macht. Sie lernt zwei neue Großhändler kennen und bestellt schon von dort aus neue Waren. Zudem macht sie auch ein wenig Werbung für ihren Laden und allein das war schon die Reise wert.

Dass sie in einem traumhaften Strandhotel wohnen, wo sie täglich massiert werden und sich einfach nur verwöhnen lassen, lässt all das zu einem Traumurlaub werden, der leider nur einige Tage dauert.

Sie macht einige Fotos von sich und den anderen am Strand oder in einem tollen Restaurant und ihr Profilbild wechselt täglich. Als sie dann am späten Abend wieder in die Straße am Strand einfährt, fühlt sie sich wirklich erholt und freut sich schon darauf, die neuen Sachen geliefert zu bekommen. Die anderen werden auch von dem Taxi nach Hause gefahren, sie steigt zuerst aus und holt die Post aus dem Briefkasten, bevor sie die Tür aufschließt, und so bemerkt sie viel zu spät, was in ihrem Laden los ist.

»Was …?« Sophie schreckt furchtbar auf, als ihr Blick auf einen Tisch fällt, der eingedeckt in der Mitte ihres Ladens steht. Darauf stehen Blumen und zwei Teller mit Nudeln, Wein, im ganzen Laden sind Rosen auf dem Boden ausgelegt. Das Licht ist aus, einige Lichterketten in ihren Regalen sind an, doch es ist so wenig, dass sie etwas Zeit braucht, um zu erkennen, wer da auf sie zukommt. Ihr Herz beginnt schneller zu schlagen.

»Was soll das? Was tust du hier?«

Mario lächelt sie an.

Er trägt einen feinen Anzug und hat eine Rose in der Hand. Sie ist schon eingetreten und die Tür schließt sich hinter ihr. Sie sieht völlig fassungslos, was Mario hier getan hat. »Ich habe die Tage bis du wieder da bist kaum aushalten können und dachte, ich überrasche dich mit einem Essen.«

Sophie weiß nicht, ob sie wütend oder geschockt sein soll, sie ist beides und geht weiter in den Laden hinein. »Wie kommst du in meinen Laden, Mario, und wieso tust du das? Du hättest mich auch einfach fragen können, ob wir ausgehen, aber ich denke, im Grunde kennst du meine Antwort darauf auch und du fragst deswegen nicht mehr, sondern handelst einfach, aber dir ist doch klar, dass das nicht geht.«

Sie sieht zu ihrer Wohnung nach oben und geht die Treppen hoch. »Warst du etwa auch in meiner …?« Mario kommt an den Ansatz der Treppen.

»Nein, sie ist zu fest abgeschlossen, ich wollte auch oben schmücken, doch es ging nicht. Hör mal, Sophie …« Sie sieht, dass er versucht hat, das Schloss zu ihrer Wohnung aufzubekommen, überall sind Spuren zu sehen, und Sophie ist dankbar für das gute Schloss, was ihr Vater eingebaut hat.

»Ich denke, dass du einfach nicht weißt, wie du mit alldem, was zwischen uns ist, umgehen kannst. Du tust so, als würdest du das nicht wollen, doch im Grunde wissen wir beide, dass wir vor diesen Gefühlen nicht davonlaufen sollten …« Sophie wendet sich zu ihm um, in dem Moment fällt ihr Blick auf eine Matratze und einige Schlafsachen, die im hinteren Teil des Ladens liegen.

»Denn was … sag mir nicht, dass du hier geschlafen hast.« Mario sieht auch zu der Matratze. »Du hast mir gefehlt und ich wollte dir nah sein.« Jetzt reicht es Sophie. Sie nimmt ihr Handy heraus und ruft die Polizei an, während sie die Treppen wieder hinuntergeht. »Das einzige Gefühl, was ich für dich empfinde, ist Angst …« Eine Frau meldet sich und Sophie sagt schnell, dass bitte unbedingt jemand zu ihrer Adresse kommen soll, da jemand in ihren Laden eingedrungen ist.

Sie legt auf und ist schon fast wieder unten, da reißt ihr Mario plötzlich das Handy aus der Hand und schmeißt es auf den Boden. Durch diese plötzliche Bewegung verliert Sophie das Gleichgewicht und knickt um. Sie stürzt die letzten Stufen hinunter und landet genau vor Mario, der sich vor ihr aufbaut.

»Wieso machst du es uns so schwer, Sophie? Warum kannst du nicht einfach kommen, dich freuen und wir genießen den Abend, stattdessen muss ich dich wieder zu deinem Glück zwingen. Steh auf!« Unsanft reißt er sie an ihrem Arm hoch, Sophies Kopf schmerzt, sie ist mit dem Hinterkopf auf der Stufe aufgekommen und fasst dahin. Sie spürt, dass sie blutet und auch, dass ihr schwindelig ist, doch sie nimmt ihre letzte Kraft zusammen und reißt ihren Arm los. Sie weiß, dass das Letzte, was sie jetzt zeigen darf, Angst ist, auch wenn sie genau erkennt, wie unzurechnungsfähig Mario ist. Sie hat nicht erkennen wollen, dass all das nicht normal ist.

»Lass mich los! Ich versuche, es dir noch einmal zu erklären: Man dringt nicht einfach in den Laden von einer fremden Person ein, schläft dort und drängt sich der Person auf. Ich weiß nicht, wie du denken kannst, ich finde das gut.«

Er kommt näher und Sophie weicht zurück. »Weil ich gelernt habe, andere Zeichen von dir zu lesen. Das was aus deinem Mund kommt, Sophie, und was deine Augen und deine Küsse mir sagen, ist etwas ganz anderes.« Er hat sie gegen den Tresen gedrängt und versucht sie zu küssen, mit allerletzter Kraft schubst sie ihn von sich. In dem Augenblick holt er aus und schlägt kräftig zu, Sophie hält sich die Wange und weiß, dass sie hier nicht so einfach wegkommt. Panik kommt in ihr hoch, doch da sieht sie zwei Taschenlampen und hört Männerstimmen.

»Nehmen Sie die Hände weg, Hände hoch. Ist bei Ihnen alles okay?« Ein Beamter steht vor ihr, die Tür war nicht zu und die Polizei konnte zum Glück einfach hereinkommen und hat sofort erkannt, was hier passiert ist.

Als Sophie sieht, dass Mario Handschellen umgelegt werden, platzt die Anspannung in ihrer Brust und sie beginnt, panisch zu weinen. Sie hatte die ganze Zeit Angst, doch sie wusste, dass sie die nicht zeigen darf, um diese Situation zu überstehen. Sophie setzt sich auf die Treppe. »Ruf einen Arzt, sie blutet. Sagen Sie mir, was hier passiert ist. Ist das Ihr Mann?«

Sie sieht, dass mehrere Beamte im Laden sind und wie einer der Männer einem anderen das Schild der Da Silvas zeigt, der sofort das Handy herausnimmt. Sophie atmet tief ein und sieht wieder zu dem Beamten, der bei ihr steht.

»Nein, ich war mit diesem Mann ein paar Mal aus. Ich kenne ihn von Freunden, doch ich habe ihm schon länger gesagt, dass ich kein Interesse habe.« Sie hält sich den Kopf, die Beamten bringen Mario hinaus, der die ganze Zeit auf einen der Beamten einredet.

»Er hat das nicht akzeptiert, er hat mir Blumen geschickt, Geschenke, ist immer wieder gekommen und hat mich nicht in Ruhe gelassen. Ich habe ihm wirklich klargemacht, dass ich kein Interesse habe.«

Sie sieht einen Krankenwagen vorfahren. Sophie wischt sich die Tränen weg.

»Ich war im Urlaub in Mexiko und bin gerade erst vom Flughafen gekommen, da habe ich das hier vorgefunden. Er scheint die ganzen Tage hier in meinem Laden geschlafen zu haben und hat all das hier gemacht. Ich habe ihm gesagt, dass das krank ist und dass er mir Angst macht und er ist … völlig … er versteht das nicht. Er hat versucht, mich zu küssen und dann sind Sie zum Glück gekommen. Ich bin die Treppen runtergefallen und er hat mir ins Gesicht geschlagen.«

Ein Sanitäter hockt sich zu ihr und der Beamte nickt. Er hat sich Notizen gemacht. »Wir behalten ihn erst einmal bei uns. Sie sollten morgen vorbeikommen und Ihre Aussage noch einmal richtig aufnehmen lassen. Damit ist nicht zu spaßen. Es kann sein, dass er Sie nicht so einfach in Ruhe lässt.« Das befürchtet Sophie auch.

Der Sanitäter fragt, was passiert ist und sieht sich ihre Wunde am Hinterkopf an. Er desinfiziert sie und gibt ihr ein Kühlkissen zum Kühlen ihrer Wange. Die Beamten sehen sich alles an und machen Fotos von ihrem Laden.

Alles zieht sich hin und Sophie wird immer erschöpfter. Die Sanitäter fragen, ob sie mit ins Krankenhaus möchte, um noch einmal alles genauer zu untersuchen, doch Sophie will jetzt einfach nur noch ihre Ruhe.

Nach und nach leert sich der Laden. Sophie sitzt noch immer auf ihrer Treppe und sieht auf all das Chaos, was sich hier abgespielt hat. Sie sieht angeekelt auf die Matratze und umarmt sich selbst, ihr wird kalt und sie will nur noch in ihr Bett. Genau in diesem Moment ertönt eine vertraute Stimme durch den Laden.

»Was ist hier passiert?«

Nicky tritt ein, und auch wenn die Dinge so schlecht zwischen ihnen stehen, ist Sophie einfach nur froh, ihn zu sehen. Sie sieht ihm überrascht entgegen. Woher weiß er, dass etwas passiert ist?

Die Beamten erklären ihm alles und Sophie ist dankbar dafür, sie hat keine Kraft mehr. Bei jedem Wort sieht Nicky immer wieder zu Sophie und blickt sich im Laden um. Sie kann seinen Blick nicht einschätzen. »Wir haben gesehen, dass der Laden unter eurem Schutz steht und haben euch sofort informiert. Der Mann ist bei uns in der Wache, was sollen wir mit ihm machen?« Nicky nickt und sieht zu Sophie. »Behaltet ihn bei euch, ich kümmere mich dann um ihn.« Die Beamten nicken und verlassen den Laden.

Sophie steht auf. Nicky kommt zu ihr, er setzt an, etwas zu sagen, doch sie ist zu erschöpft und aufgewühlt. Er spürt das und bricht ab, um sie in seine Arme zu nehmen und genau das ist es auch, was sie jetzt braucht. Sophie durchfährt sofort ein Gefühl der Erleichterung und der Sicherheit. Sie beginnt, an seiner Brust erneut zu weinen und alles herauszulassen, sie zittert und Nicky verstärkt seinen Griff um sie. »Ganz ruhig, atme durch und erzähle mir, was los ist.«

Sie erklärt ihm, was mit Mario ist, die ganze Geschichte und dass sie ihm versucht hat klarzumachen, dass da nichts ist und wie er einfach nicht lockergelassen hat. Eigentlich ist das alles sicher nichts, was ausgerechnet Nicky hören möchte, nachdem er ihr eigentlich klargemacht hat, dass das zwischen ihnen vorbei ist und er nichts mehr mit ihr zu tun haben will, doch er hört ihr zu.

Sophie macht sich von Nicky los und sieht in den Laden. »Sieh doch, was er hier getan hat. Das ist doch krank, er hat hier geschlafen! Ich bin nur froh, dass er nicht in die Wohnung gekommen ist. Was ist, wenn er mich nie wieder in Ruhe lässt?« Nicky sieht ihr in die Augen.

»Das wird er. Ich kümmere mich darum. Als die Wachen Bescheid bekommen haben, dass in einem unserer Läden eingebrochen wurde und in welchem, war Nuno bei ihnen und hat mich sofort informiert, dass es um deinen Laden geht. Vertrau mir, er wird dir nie wieder zu nah kommen. Sollen wir noch einmal zu einem Arzt fahren, wegen deiner Verletzungen?«

Sophie schüttelt den Kopf. »Nein, ich will nur noch schlafen.« Nicky nickt und sieht sich einen Moment ihre Wange an; als seine Finger zart über ihre Haut streichen, bekommt Sophie eine Gänsehaut. Sie schließt einen Moment die Augen. Nicky räuspert sich leise, dann deutet er ihr, sie weiter zu kühlen und fragt nach dem Wohnungsschlüssel. Er schließt die Tür auf und als Sophie in ihre Wohnung kommt atmet sie tief ein.

Das alles ist ein reiner Albtraum, doch wenigstens ist hier oben alles unberührt. Nicky macht ein kleines Licht an und geht in die Küche.

Sophies Kopf dröhnt, sie hat nur ein Top und eine Shorts an. Sie hat sich viel gesonnt und ist brauner geworden, doch all die Erholung der letzten Tage ist wie weggeblasen. Sophie zieht die Shorts aus und legt sich in ihr Bett, dabei kühlt sie weiter ihre Wange und versucht sich nicht zu bewegen, um die Kopfschmerzen loszuwerden.

Nicky kommt zu ihr ans Bett und hat ein Glas Wasser bei sich, wo er eine Tablette hineingibt. Er setzt sich zu ihr ans Bett. »Trink das.« Sophie setzt sich auf und nimmt ihm das Glas ab. Während sie das Glas trinkt, sieht sie Nicky in die Augen.

»All das, was passiert ist … weißt du, meine Mutter hat mir gesagt, dass es vielleicht reicht. Vielleicht sollte ich langsam Puerto Rico hinter mir lassen und zurückkehren. Ich habe immer gedacht, dass es noch nicht so weit ist, doch dann das mit dir und diesem kranken Mann Barim, dass du mir nicht glaubst und dann Mario … ich denke langsam wirklich, dass das hier nicht meine Welt ist, meine Zeit in Puerto Rico einfach vorbei ist. Es fällt mir immer schwerer, hier zu leben, so möchte ich das alles nicht mehr. Es fühlt sich nicht mehr so gut an, wie es sollte.«

Sie meinte ihre Worte ernst und versucht, Nicky das zu zeigen, indem sie ihn ansieht, doch ihr fallen dabei immer wieder die Augen zu. Nicky lächelt matt und streicht ihr über die unverletzte Wange. »Schlaf, Sophie, du bist erschöpft.« Sie sieht sich um. »Ich weiß nicht, ob ich hier einfach so schlafen kann, nachdem was war.« Nicky nimmt das Glas wieder an sich. »Ich bleibe bei dir und ich kümmere mich um alles.«

Sophie sieht ihn an, am liebsten würde sie ihn fragen, wie das nun wieder zusammenpasst. Er war die ganze Zeit nicht einmal bereit, mit ihr zu sprechen, doch jetzt ist er ohne zu zögern für sie da? Doch sie spürt, dass sie für das gerade zu erschöpft ist, legt sich hin und schließt die Augen, und wirklich, auch wenn so einiges weiter zwischen Nicky und ihr steht und auch, wenn sie seine Anwesenheit noch mehr verwirren sollte, schläft sie sehr schnell ein. Ihr Körper braucht den Schlaf.

Dafür sind ihre Träume sehr wild und durcheinander.

Sie träumt von Nicky, wie er sie von sich stößt und gleichzeitig wieder bei ihr ist. Sie hat im Traum das Gefühl, an diesem Hin und Her zu ersticken und dass ihr Kopf platzt. Gleichzeitig spürt sie ihn wieder, seine Nähe und seine Arme um sich, zumindest hat sie das Gefühl, und eine tiefe Vertrautheit breitet sich in ihr aus.

Dieses Gefühl bleibt, als sie am Morgen wieder wach wird. Sie ist alleine. Neben ihr liegt ein Zettel.

»Ich musste zum Flughafen, ich habe mich um alles gekümmert, du brauchst keine Angst haben, vertrau mir.« Sie dreht sich und sieht, dass das Kissen neben ihr eingedrückt ist. Sophie riecht am Laken und schließt die Augen. Nicky ist bei ihr geblieben.

154

Langsam steht sie auf, sie will duschen und dann anfangen, das Chaos in ihrem Laden zu beseitigen. Sie weiß wirklich nicht, wie all das weitergehen soll, doch sie weiß, dass sie sich so langsam überlegen muss, was sie nun tun wird.

Als sie die Treppe hinab in ihren Laden geht, stockt sie. Es sieht alles wie vorher aus. Nicht eine Rose liegt mehr auf dem Boden, die Matratze ... alles ist weg. Nicky muss all das in der Nacht weggeschafft haben und dann ist er bei ihr geblieben.

Sophie atmet tief ein und genau wie auch in ihrem Traum weiß sie nicht mehr, in welche Richtung das mit Nicky gehen wird.

Kapitel 17

Nicky schreibt ihr die nächsten Tage.

Es ist ein komisches Gefühl, ihn plötzlich wieder in ihrem Leben zu haben. Er wird wahrscheinlich drei Wochen wegbleiben und zwischen verschiedenen Ländern hin und her fliegen. Sie schreiben wieder etwas mehr und er erklärt ihr, dass Dario vor einigen Wochen Vater geworden ist und versucht, etwas mehr Zeit mit seiner Familie zu verbringen und er und die Cousins viele neue Geschäfte in den anderen Ländern überwachen.

Es scheint ihm Spaß zu machen, er stellt ständig neue Bilder als Profilbild ein, oft ist er auf Partys, fast so, als wolle er ihr zeigen, dass sie nun zwar wieder mehr Kontakt haben, er aber trotzdem klar zeigt, dass das zwischen ihnen nichts ändert.

Sophie fragt sich, ob sie einfach so unbemerkt auf die Freundesschiene geraten sind, was sie sich eigentlich nicht vorstellen kann. Zumindest für sie ist das nicht so; jedes Mal, wenn das Handy klingelt und etwas von Nicky kommt, rast ihr Herz, das kann nicht mit Freundschaft erklärt werden.

Sophie ist hin- und hergerissen, sie denkt daran, ihm gar nicht zu antworten, wenn er ihr alle Tage wieder schreibt, wie es ihr geht und ob alles in Ordnung ist, doch sie tut es am Ende und fragt auch ihn, doch dann antwortet er und das war es dann wieder für die nächsten Tage.

Auch wenn Sophie die ersten Tage nach der Sache mit Mario gesagt hat, dass sie nicht weiß, ob und wie sie weitermachen soll mit dem Laden und allem weiteren, stellt sie fest, wie erschreckend schnell sich der normale Alltag wiedereinstellt.

Sie öffnet den Laden, die Kunden kommen und sie verbringt ihre freie Zeit damit, sich Puerto Rico weiter anzusehen. So schafft sie es sich abzulenken. Martha hat sie noch einmal getroffen und die hat ihr gesagt, dass Mario um eine Versetzung nach Chile gebeten hat und nicht mehr in Puerto Rico ist. Sophie ist all das egal, solange er von ihr fernbleibt.

Die ersten Nächte waren noch sehr komisch, nachdem sie Mario in ihrem Laden aufgefunden hat. Sie hat auf jedes Geräusch geachtet, bis sie irgendwann übermüdet eingeschlafen ist. Mittlerweile geht es wieder. Sophie will aber nicht einfach nur noch weitermachen. So möchte sie nicht leben, sie versucht, wieder die Freude an ihrem Laden und auch an Puerto Rico zurückzugewinnen. Sie weiß, sie muss das tun, sonst ist ihre einzige Option, wirklich zu sagen, sie hört auf, kehrt nach Massachusetts zurück und beginnt, weiter zu studieren oder sonst etwas zu machen, doch ihr Herz sagt ihr, sie soll Puerto Rico noch nicht aufgeben.

Im Grunde weiß sie, dass ihr schlechtes Gefühl und ihre Bedenken nicht nur mit der Sache mit Mario zu tun haben, sondern auch viel mit Nicky. Sie wollte hier nichts Festes anfangen. Das war nie geplant, doch dann kam er und diese Wochen, die sie zusammen verbracht haben, haben sich tief in Sophies Herz gebrannt. Viel tiefer, als es jemals eine Erinnerung mit einem anderen Mann geschafft hat.

Sie mag ihn, viel mehr als das bereits. Sie liebt Nicky, sie vermisst ihre gemeinsame Zeit und es bringt sie um den Verstand, wie es geendet hat. Vielleicht ist das auch einfach der Knackpunkt, es war von einer Stunde zur nächsten vorbei und er wirft ihr etwas vor, für das sie nichts kann und das macht sie mittlerweile einfach nur traurig.

Doch natürlich merkt auch sie, dass Nicky sie zwar auf Abstand hält, er aber trotzdem immer wieder den Kontakt zu ihr sucht. Sie glaubt nicht, dass für ihn all das vorbei ist, auch wenn er nicht müde wird, ihr und sich selbst wahrscheinlich auch das immer wieder klarzumachen. Aber wie sehr man auch etwas möchte, wie sehr man auch etwas vermisst, irgendwann kommt immer der Punkt, wo man anfängt müde zu werden von all dem Drama, und Sophie spürt, dass das langsam bei ihr beginnt. Sie hat nicht mehr die

Kraft, sich ständig wegen alldem Gedanken zu machen und sie möchte es vor allem auch nicht mehr.

Drei Wochen nach Marios Einbruch bei ihr im Laden bemerkt sie bei der Inventurliste, die sie von dem Lager regelmäßig bekommt, drei Pakete, die sie schon längst vergessen hatte.

Sie muss lachen, als sie sich diese schicken lässt und auspackt.

An dem Tag, als Sophie das erste Mal bei Nicky geschlafen hat und sie dort einige Stunden einfach nur faul herumgelegen und die Zeit genossen haben, sind sie auf das Thema fehlende Dekoration bei ihm im Haus gekommen. Nicky war der Meinung, dass so etwas nur für Frauen ist und sie hat ihm einiges an schöner Dekoration auch für einen Männerhaushalt gezeigt.

Sie hat ihm die Sachen auf einer Seite gezeigt, deren Besitzer sie gut kennt. Er hat fast nur Dekorationen, die Männerherzen erfreuen. Edle Nachbildungen von Autos, Schalen, Vasen und Elemente, die sehr clean und wenig verschnörkelt wirken. Nicky hat auch einige Bilder gesehen, die ihm gefallen haben, besonders eine Collage mit einigen alten Boxlegenden in schwarz-weiß, die perfekt in sein edles aber eher kahles Wohnzimmer passen würden. Auch eine teure schwarze Uhr hatte es ihm angetan.

Sie haben sich die Sachen angesehen und während er ihnen Getränke geholt hat, hat Sophie einfach alles in den Einkaufswagen gelegt, was ihm gefallen hat und mit ihren Prozenten bestellt. Die Lieferung dauert bei dem Großhändler, auch schon in Amerika, doch da einiges nicht auf Lager war und sie alles zusammen bekommen wollte, hat es einige Zeit gedauert, bis sie ins Lager gebracht worden sind, wo Sophie sie einfach hat stehen lassen. Nun muss sie entscheiden, was sie damit macht.

Nach und nach holt sie alles heraus und muss an diesen schönen Tag denken. Egal was auch zwischen ihnen ist, Nicky hat viel für sie getan und ihr geholfen, auch nach ihrer Trennung, und sie möchte ihm damit danken. Sie sieht auf ihr teures Armband mit dem Herbstblattanhänger, was er ihr geschenkt hat. Diese Sachen waren für ihn gedacht, wieso soll er sie nicht bekommen? Sophie hat fest damit gerechnet, dass sie noch zusammen sind, wenn die Sachen ankommen, doch das ändert ja nichts. Hiermit kann sie danke für das sagen, was er für sie getan hat.

Er hat gestern erst sein Profilbild geändert, so weiß sie, dass er noch verreist ist, er müsste aber bald zurückkommen. Sie muss daran denken, wie er sich um ihren Laden gekümmert hat, nachdem Mario hier alles verwüstet hat. Sobald ihre Aushilfe da ist, packt sie die Kisten in das kleine Auto, dass sie sich für den Laden zugelegt hat und fährt zum Gebiet der Da Silvas, bevor sie der Mut verlässt und sie es sich wieder anders überlegt.

Erst als sie die Wachen sieht, bemerkt sie, dass sie nicht alles durchdacht hat. Wie soll sie zu Nickys Haus kommen? Sie hält und hofft jemanden zu sehen, den sie kennt, doch sie kennt keinen der Männer. Sophie hat alle Männer, die sie kennt auf den Bildern mit Nicky gesehen, bis auf einen, der offenbar nicht mit ihm unterwegs ist und der ihr von allen am sympathischsten ist. Deswegen fragt sie einfach nach Nuno und tatsächlich rufen die Wachen bei ihm an.

Er scheint einen Moment zu überlegen, wer sie ist, als die Wachen am Handy nur ihren Namen sagen und sie sagt ihnen schnell, dass sie sagen sollen, Sophie von Nicky. Auch wenn das nicht mehr zutreffend ist, weiß Nuno so, wer sie ist und die Wachen lassen sie durch. Nuno ist am Gemeinschaftshaus und mittlerweile weiß sie, wo sie dieses findet.

Es ist ein merkwürdiges Gefühl, durch das Gebiet zu fahren.

Sie weiß jetzt mehr über die Da Silvas und sieht alles ganz anders. Sie weiß nun, dass die Männer hier mehr sind als nur einfache Securitymitarbeiter, so wie sie es am Anfang verstanden hat. Das die Da Silvas eine Macht sind, eine starke Macht, die über weite Teile Lateinamerikas herrscht, vor der viele Menschen großen Respekt haben und die ein komplett anderes Machtsystem entwickelt haben, als das in Kontinenten wie Amerika oder Europa vorliegt.

Sophie ist nie der Mensch gewesen, der vorschnell urteilt und behaupten würde, dass das falsch ist. Dafür kennt sie das alles noch zu wenig, auch wenn sie es immer mehr versteht. Es ist ihr fremd, doch sie kann auch nicht sagen, dass sie Angst davor hätte, jetzt hier zu sein und sich in diesem Gebiet zu bewegen.

Als sie vor dem Gemeinschaftshaus hält, kommt Nuno heraus und lächelt. Er steigt in ihr Auto ein und setzt sich neben Sophie. Auch die Männer hier machen ihr keine Angst. Natürlich sieht man ihnen an, dass sie mächtig sind, jedem einzelnen hier, doch außer Barim ist ihr jeder hier immer nur höflich begegnet. Sophie lächelt zurück, als Nuno sich neben sie setzt.

»Was tust du denn hier? Nicky ist nicht da.« Sophie deutet auf den Rücksitz, auf dem einer der drei Kartons steht. »Ich habe hier etwas für Nicky. Als wir noch … also vor einiger Zeit haben wir zusammen Sachen für sein Haus bestellt und die habe ich heute rausgeholt. Ich wollte ihm das im Haus aufstellen, als kleines Dankeschön. Er hat mir ziemlich oft geholfen. Auch in letzter Zeit. Ich weiß nicht, ob du davon weißt.«

Nuno nickt. »Er hat mir davon erzählt, der Mann in deinem Laden, oder? Mach das, Nicky wird sich sicher darüber freuen.« Sophie lächelt nur matt. »Ich denke eher, es wird ihm egal sein, doch die Sachen sind da und na ja, sein Haus ist kahl.« Nuno lacht leise auf und sieht Sophie in die Augen.

»Weißt du, Nicky ist einer meiner besten Freunde und ich denke, dass er nur mit mir über all das spricht, was zwischen euch war oder ist. Er wird mich sicherlich dafür umbringen, aber du solltest nicht denken, dass du Nicky egal bist. Ich denke, in all den Jahren bist du die erste Frau, die ihm überhaupt jemals etwas bedeutet hat, und ich weiß auch, dass sich das nicht geändert hat.«

Nuno räuspert sich und sieht ihr ernst in die Augen. »Es ist sein Stolz, der ihm im Weg steht. Im Grunde weiß keiner von uns, was wirklich mit Barim war, doch dass Barim ihn damals so vorgeführt hat vor allen Männern und deine Bilder wirklich allen gezeigt hat, nachdem Nicky dich offiziell bei uns vorgestellt hat, was selten mal einer unserer Männer macht, hat ihn getroffen.«

Sophie unterbricht ihn und erzählt ihm, wie das damals alles war. Es tut so gut, dass ihr das erste Mal jemand wirklich zuhört und ihre Sicht der Geschichte hört. Als sie endet, atmet Nuno leise aus. »Barim ist ein Arschloch und Verräter, ich bin mir sicher, dass er diese Bilder nur gemacht hat, um Nicky vorzuführen und wahrscheinlich weiß Nicky das auch, doch das ändert nichts an seinem Stolz. Trotz allem hält er den Kontakt und ich sehe, wie er sich damit herumquält. Du hast keine Ahnung, wie oft ich ihn nachdenklich irgendwo hab sitzen sehen, und jedes Mal, wenn ich ihn gefragt habe, was mit dir ist, sehe ich den Schmerz in seinen Augen. Er muss diesen Kampf mit seinem Herzen und seinem Stolz allein austragen, gib ihm einfach etwas Zeit.«

Sophie sieht Nuno überrascht an. »Es sind schon einige Monate vergangen. Ich … weiß auch einfach nicht mehr, was ich tun soll. Er fehlt mir, doch irgendwann muss ich das auch mal hinter mir lassen. Er spricht ja noch nicht einmal mit mir darüber, gerade tut er so, als wären wir Freunde und lässt es nur nicht so weit kommen, dass wir dieses Thema ansprechen könnten. Es ändert nichts, ist sein Lieblingssatz geworden.«

Nuno lacht leise. »Das habe ich auch schon einige Male gehört.«

Sophie seufzt leise auf. »Es ist, als würde es dich Stück für Stück auffressen, weil immer wieder etwas Neues kommt. Es tut mir leid, ich will dich damit gar nicht belästigen, doch es ist …« Nuno hebt die Hand. »Schon gut, das ist in Ordnung. Nicky war sehr glücklich mit dir und ich hoffe, ihn bald wieder so zu sehen. Und Zeit ist für uns auch etwas anderes als für dich. Die letzten Monate sind an uns nur so vorbeigerast, an uns allen. Wir haben so viel zu tun, mehr als jemals zuvor. Hier geht es drunter und drüber und ich denke nicht, dass Nicky bewusst ist, wie viel Zeit schon vergangen ist. Aber glaube mir, ich kenne Nicky, die Zeit hat nichts an seinen Gefühlen für dich geändert, und auch wenn ihr beide vielleicht nicht mehr daran glaubt, weiß ich, dass das zwischen euch wieder gut wird.«

Er lächelt und deutet in Richtung von Nickys Haus, als einige andere Männer aus dem Haus kommen. »Du weißt, wie du zu ihm kommst?« Sie nickt. »Danke, brauche ich keinen Schlüssel?« Nuno steigt aus. »Hier schließt niemand ab. Viel Spaß.« Er zwinkert ihr zu und Sophie erkennt, dass er wirklich daran glaubt, dass das zwischen Nicky und ihr noch einmal in Ordnung kommt. Sie wünschte, sie hätte seinen Optimismus, sie weiß nicht mehr, woran sie glauben soll, doch sie weiß, dass ihre Worte wahr sind. Es frisst sie Stück für Stück auf. Entweder sie zieht einen endgültigen Schlussstrich oder es wird sie auf Dauer kaputt machen, dieses Hin und Her.

Sie hält vor dem Haus von Nicky.

Mit einem Paket in den Armen geht sie an die Haustür und tatsächlich ist diese offen. Sie stellt das erste Paket in den Hausflur und holt die anderen beiden. Dann schließt sie die Tür und atmet tief ein. Alles hier riecht nach Nicky. Sie muss lächeln, als sie sich umsieht. Es sieht genauso aus wie an dem Tag, als sie das erste Mal da war. Es ist alles aufgeräumt und sauber, sie weiß ja, dass die Da Silvas Haushaltshilfen dafür haben. Noch immer steht oder liegt nichts Persönliches herum. Ein Laptop steht auf dem großen Esstisch, mehr nicht.

Bilder ihres gemeinsamen Tages blitzen vor ihrem inneren Auge auf, als sie in den Garten zum Pool sieht. Einen Moment denkt sie darüber nach, nach oben zu gehen, doch dann verwirft sie den Gedanken. Nicht dass er nachher noch das Gefühl hat, dass sie wie Mario hier tagelang übernachtet hat. Einen Moment bekommt sie ein ungutes Gefühl, eigentlich tut sie gerade genau das Gleiche wie Mario. Sie verschafft sich einfach Zutritt zu Nickys Haus und bewegt sich frei darin, ohne sein Wissen. Nicht dass er sie auch für so eine Verrückte hält, doch im Grunde haben sie ja eine ganz andere Ausgangsbasis als Mario und sie es jemals hatten oder haben werden. Hätte Nicky dort mit Blumen auf sie gewartet, wäre das auch was ganz anderes gewesen.

Trotzdem fühlt es sich auf einmal etwas komisch an, ganz allein in seinem leeren Haus zu sein. Sophie packt die Kisten aus. Sie hängt die Bilder im Wohnzimmer auf, platziert einige Kissen auf der Couch und stellt die Vasen und Figuren auf. Selbst für den leeren Eingangsbereich hat sie etwas, was Nicky damals gefallen hat.

Auf dem Weg hierher hat sie noch ein schönes, aber schlichtes Gesteck besorgt, was sie in die große Vase für den Esstisch stellt, und als sie sich nach mehreren Stunden das Gesamtergebnis ansieht, ist sie sehr zufrieden. Alles passt perfekt hier hin und perfekt zu Nicky.

Sie lächelt und nimmt sich einen Zettel. 'Danke für alles.'

Sie lässt den Zettel neben der Blumenvase. Sie weiß, dass es Zeit wird, entweder noch einmal über alles zu reden oder einen endgültigen Schlussstrich zu ziehen. Während sie hier alles eingeräumt hat, ist ihr das endgültig klar geworden. Sie tippt eine Nachricht an Nicky in ihr Handy. Sie fragt ihn, ob sie sich noch einmal treffen und über alles sprechen können, wenn er zurück ist. Nachdem sie die Nachricht abgeschickt hat, fällt ihr Blick auf ein Bild von Nicky, was ihn, Dario, Diego, Nuno und noch ein paar Männer auf einer Feier zeigt. Sie alle stehen zusammen und sind sehr fein angezogen. Es lag auf einem Stapel Bilder und da Sophie Bilderrahmen dabei hatte, hat sie das eingerahmt und in den Eingangsbereich gehängt.

Sie liebt Nicky und sie liebt das, was sie hatten, doch sie kann sich deswegen nicht kaputtmachen. Manchmal bleibt einem nichts anderes übrig, als manche Abschnitte in seinem Leben als schöne Erinnerung in seinem Herzen aufzubewahren und weiterzumachen.

Es piept und Nicky hat ihr geantwortet.

'Ich denke nicht, dass es da noch viel zu besprechen gibt. All das ändert doch nichts.'

Wie immer, es ändert nichts. Sophie lächelt, auch wenn ihr in diesem Moment eine Träne die Wange herunterkullert. Wahrscheinlich wird sie bei einem Mann wie Nicky niemals gegen den Stolz ankommen, er versucht ja noch nicht einmal, die Wahrheit zu sehen.

Sie schreibt zurück und sieht noch einmal zum Bild.

'Du hast recht, es ändert nichts. Ich liebe dich, pass auf dich auf.'

Sie schickt die Nachricht ab, sieht sich noch einmal um und löscht das Licht, bevor sie sein Haus verlässt, ins Auto steigt und das Da Silva-Gebiet hinter sich lässt.

Sie sieht, dass Nicky ihr auf ihre Nachricht geantwortet hat, doch statt sie zu öffnen, löscht sie seine Nachricht.

Es hat gedauert, doch Sophie hat begriffen, dass sie einen Schlussstrich ziehen muss, um nicht daran zu zerbrechen. Auch wenn sie Nicky immer in ihrem Herzen behalten wird, wird es Zeit, sich selbst zu schützen und all das hinter sich zu lassen.

Kapitel 18

»Diese Ruhe und diese Unbeschwertheit ist ein Luxus.«

Sophie streckt ihre Nase dem Himmel entgegen. Der Winter hat begonnen, doch hier in Puerto Rico merkt man nichts davon. »Diesen Luxus, sich hier auszuruhen, nehme ich mir aber nur lange, wenn du uns besuchen bist. Also, wenn du etwas für meine Gesundheit tun möchtest, komm öfter vorbei.« Maria lacht auf und Sophie lächelt.

Sie ist seit drei Tagen bei ihnen auf dem Bauernhof. Am Freitag war ein Feiertag und sie ist zu Juan und Maria aufs Land gefahren, bald muss sie zurück, morgen beginnt die neue Woche, doch diese Auszeit hat ihr wahnsinnig gutgetan. Hier ist alles so einfach, sie sind den ganzen Tag auf dem Hof beschäftigt. Kümmern sich um die Tiere, gehen spazieren, genießen die Natur. Sophie liebt das Leben auf dem Land. Zwar ist Pandanaram Village nicht mit einem Bauernhof zu vergleichen, doch es kommt dem näher als das laute Leben in San Juan.

Sophie hat die Tage genutzt, um sich frei zu machen, frei von all den negativen Gedanken, frei von dem Bedürfnis, ständig aufs Handy zu sehen. Nicky hat ihr immer wieder Nachrichten geschrieben, doch sie hat nicht reagiert. Er hat auch zweimal angerufen, doch sie hat beschlossen, unter alldem einen Schlussstrich zu ziehen, bevor sie daran noch ganz zerbricht.

Sie weiß, dass sie keinen Fehler gemacht hat, sie hat das, was zwischen ihnen war, sehr genossen und vermisst es auch jetzt noch, doch sie hat verstanden, dass sie all das nicht mehr rückgängig machen kann und dass Nicky nicht einfach zu dem Punkt zurückkann, an dem sie waren. Auch Sophie bezweifelt, dass man das so einfach kann, doch zumindest sieht sie auch, dass sie beide diese Beziehung zwischen ihnen vermissen und sie sich so immer nur im Kreis drehen werden. Sie haben wochenlang keinen Kontakt und dann finden sie sich wieder, nur um sich gleich wieder loszulassen, das kann nicht gesund sein.

Zu sagen, sie wäre sauer auf Nicky, ist auch nicht richtig. Sie hat Barim gesehen, sie hat gesehen, wie Nicky ihn zugerichtet hat und wie sauer, wütend und enttäuscht er nach alldem war, doch Sophie kann nichts dafür und sie wird sich dafür auch nicht die Schuld geben lassen.

Es fühlt sich leichter auf ihren Schultern an mit der Entscheidung, all das endgültig hinter sich zu lassen; die Gefühle, die sie nach wie vor für Nicky hat, ändern sich dadurch natürlich nicht, doch vielleicht kommt das mit der Zeit. Sie kann es nur hoffen, die Sehnsucht in ihrem Herzen muss doch eines Tages schwächer werden, zumindest versprechen das immer alle. Die Zeit heilt alle Wunden – das ist das Einzige, worauf sie momentan bauen kann.

Maria und Juan wissen von nichts und das ist sehr angenehm. Sie haben die Tage zusammen genossen. Maria hat ihr einige Geheimnisse der puerto-ricanischen Küche beigebracht. Hier auf dem Land schmeckt das Essen eh immer frischer und gesünder. Sophie hat keine Lust, zurück in die Stadt zu fahren, doch es wird ihr nichts anderes übrigbleiben. Sie muss einiges im Laden vorbereiten und neue Ware auspacken.

Sophie blinzelt in die Sonne. »War Juan deine erste Liebe? Also die erste richtige? Oder hattest du schon vor ihm eine?« Maria wendet ihren Kopf zu ihr. »Auch wenn du nicht darüber sprichst, ich merke dir an, dass du mit deinen Gedanken immer wieder woanders bist, bei einem Mann?«

Sophie zuckt die Schultern. »Ich versuche gerade eben, so wenig wie nur möglich an ihn zu denken. Wir sind schon länger nicht mehr zusammen und waren es auch nicht lange, doch ich habe noch nie so viel für einen Mann empfunden, und mein Herz weigert sich, ihn loszulassen, auch wenn ich das unbedingt möchte.«

Sie sieht aus dem Augenwinkel Marias Lächeln, doch sie meidet den Blickkontakt, um nicht zu zeigen, wie tief sie all das wirklich trifft.

»Weißt du, ich hatte eine erste große Liebe. Ich habe diesen Mann über alles geliebt, doch er hat mir das Herz gebrochen, weil er nicht bereit für eine feste Beziehung war und ich dachte damals, dass ich nie wieder jemanden so sehr lieben kann und dass ich diese Liebe nie überwinden werde.«

Nun wendet Sophie doch hoffnungsvoll ihren Kopf zu ihr um.

»Aber du hast ihn vergessen? Wie lange hat das gedauert? Sieh dich an, am Ende war es doch gut, nun hast du Juan ...«

Marie lacht und setzt sich auf. »Na ja, nicht so ganz, ich habe meine erste Liebe verloren, doch weil es die wahre Liebe war, haben wir am Ende wieder zusammengefunden und ich habe ihn dann geheiratet. Juan und ich haben uns erst verloren, bevor wir endgültig zusammengefunden haben.«

Maria atmet schwer aus bei den Erinnerungen an damals, und doch trägt sie ein Lächeln im Gesicht.

»Das ist das, was ich im Leben gelernt habe und was auch du für dich lernen solltest: Wenn es die wahre Liebe ist, Sophie, dann werdet ihr euch wiederfinden, weil eure Herzen gar nicht anders können.«

Sie lächelt Sophie an.

»Es kann sein, dass es dauert und dass es nicht so einfach ist, weil Herz gegen Verstand nie einfach ist, doch wenn etwas sein soll, dann wird es so sein, das gilt für das ganze Leben. Versuch dich immer daran zu erinnern, vielleicht lindert es deinen Schmerz. Liebe tut nicht immer nur gut, sie kann auch sehr schmerzhaft sein, doch denke immer daran: Wenn es sein soll, dann wird es so kommen und wenn nicht, dann war es niemals die wahre Liebe.«

Natürlich lassen sie diese Worte nicht mehr los. Den ganzen Weg zurück muss sie daran denken, und als würde er es ahnen, ruft in diesem Moment Nicky an; zwei Tage hat er weder angerufen noch eine Nachricht geschrieben, die Sophie eh nicht gelesen hätte. Sie hatte geglaubt, auch er hätte nun verstanden, dass es Zeit wird, das alles ganz sein zu lassen, doch offenbar ist dem nicht so.

Sophie seufzt leise aus und fährt an den Seitenstreifen. Sie nimmt das Gespräch an.

»Sophie?«

Es ist laut bei Nicky im Hintergrund.

»Ja.«

»Gehst du jetzt nicht einmal mehr an dein Handy? Ich habe dir Nachrichten geschrieben und immer wieder versucht dich zu erreichen, wieso gehst du nicht ran?«

Sophie muss bitter auflachen.

»Weil es doch eh nichts ändert.«

Sie sagt ihm das, was er ihr all die letzten Monate immer wieder gesagt hat.

»Das … wir müssen reden.« Sie hört jemanden seinen Namen rufen.

»Wo bist du?«

»Am Flughafen, wir fliegen nach Kolumbien und wenn ich zurück bin, reden wir.«

Sophie sieht auf die Straße vor sich.

»Jetzt auf einmal möchtest du reden? Genau darum habe ich dich doch die ganze Zeit gebeten und jetzt, wo ich damit abgeschlossen habe und weitermache, hast du es dir anders überlegt? Ich denke nicht, dass das noch etwas bringt oder ändert. Das hätte es vielleicht vor Monaten. Pass auf dich auf, Nicky.«

Sie will auflegen, doch er ist schneller.

»Sophie, warte … du weißt, dass das alles nicht so einfach ist. Doch was ich dir die ganzen letzten Tage sagen wollte, weswegen ich dich versuche, die ganze Zeit zu erreichen ist … dass ich dich auch liebe und du und all das, was wir hatten, mir fehlt, wirklich fehlt. Doch das …«

Sophie kann es nicht mehr hören.

»... Doch das ändert nichts, nicht wahr?«

Sophie lacht bitter auf.

»Pass auf dich auf, Nicky, ich habe dafür keine Kraft mehr.«

Sie legt auf, schaltet das Handy aus und atmet tief ein. Sie weiß, dass es richtig ist, diesen Schlussstrich zu ziehen, sie weiß es genau, doch es tut weh, mehr weh als ständig dieses Hin und Her.

Eine ganze Weile bleibt sie einfach dort am Seitenrand stehen, mitten auf dem Land in Puerto Rico und versucht, ihr Herz wieder ein wenig zu beruhigen. Dann fährt sie zurück in ihren Laden, zu dem Leben, was sie sich aufgebaut hat und wofür sie gekämpft hat.

Sie nimmt sich fest vor, wieder ihren Spaß an allem zu finden und zu lernen, ihren Verstand über ihr Herz setzen zu können.

Kapitel 19

»Das haben wir wirklich lange nicht mehr getan.« Sophie sieht zu Luisa und lehnt sich zurück. »Das stimmt, obwohl es eigentlich so nahe liegt. Unsere Geschäfte sind genau am Strand, wir müssen das nutzen und viel öfter dieses Gefühl hier nutzen. Andere bezahlen einiges an Geld, um hier Urlaub machen zu können und wir haben das alles genau vor der Tür.«

Sophie spürt, wie die Sonne das Meerwasser von ihrer Haut trocknet und schließt genüsslich die Augen, es gibt kein besseres Gefühl. Die letzten Tage war es etwas kühler und sehr regnerisch, doch jetzt strahlt die Sonne wieder vom Himmel herab. Es ist mitten im Dezember, Sophie wollte heute mit der Weihnachtsdekoration anfangen, sehr spät für ihre Verhältnisse, doch es ist unglaublich schwer für jemanden wie sie, die meterhohen Schnee und Tannen vor dem Haus gewöhnt ist, bei diesem Wetter und dem Meer vor der Nase Weihnachtsstimmung zu bekommen.

»Wie sieht es aus, wollen wir noch nach einem sexy Kleid suchen gehen heute Abend? Am Wochenende ist die Weihnachtsfeier der ganzen Geschäfte hier bei uns im Pearl, und das Motto des Abends ist sexy Christmas.« Sophie lässt ihre Augen geschlossen, auch wenn Luisas Handy klingelt und ihnen so zeigt, dass ihre Mittagspause gleich vorbei ist und sie hoch zu ihren Läden müssen.

»Können wir gerne machen, nur nicht heute. Ich schätze, die Weihnachtsdeko wird mich den ganzen Abend in Beschlag nehmen.« Luisa lacht auf. »Ich sage es doch, mach ein Schild an den Laden mit frohe Weihnachten und stell ein paar Engel auf, das reicht.« Sophie schüttelt den Kopf. »Nein, nein, das habe ich im letzten Jahr gemacht und es hat mir nicht gefallen, dieses Jahr hole ich Weihnachten nach Puerto Rico.«

Zwei Jungen rennen mit einem Ball an ihnen vorbei, von dem aufgewirbelten Sand werden sie getroffen und stehen langsam auf, sie müssen eh los. »Viel Glück beim Versuch, ich sage dir, hier ist

Weihnachten eher sexy, als in dicken Boots mit Pullover, Mütze und Schal Schneeengel in den Schnee zu machen.«

Sophie zieht sich nur ihre Tunika über den Bikini und Flipflops an. Sie müssen ja nur zu ihrem Laden hoch, wo sie sich schnell noch einmal abduschen wird.

»Ich bin froh, die Feiertage bei meinen Eltern zu verbringen. Elf Monate im Jahr sexy nackte Haut und Sonne reicht.« Sie laufen den Strand hoch und Luisa deutet nach vorn zu Sophies Laden, auf den sie zusteuern. Vor dem Laden stehen Unmengen an Kartons. »Du meinst das wirklich ernst mit der Deko …?« Sophies Herz beginnt zu rasen, als sie sieht, wer noch auf ihrer Terrasse steht und auf seinem Handy herumdrückt. Oh nein, dummes kleines Herz, hör auf, so stark zu reagieren. Nun erkennt auch Luisa ihn und räuspert sich. »Soll ich bei dir bleiben, oder …?« Sophie atmet tief ein. Nach ihrem Telefonat haben sie nicht mehr miteinander gesprochen. Sophie hat alles dafür getan, sich an das, was sie sich fest vorgenommen hat, zu halten, doch jetzt verrät ihr Herz ihr wieder, wie schwer es ihr fällt, diesen Mann auf ihrer Terrasse zu vergessen.

Nicky sieht in dem Moment hoch und zu ihnen. Sie haben sich wieder einige Zeit nicht gesehen. Er trägt einen Dreitagebart, seine Haare sind frisch geschnitten, er hat ein weißes Shirt und eine graue Joggingshorts an; als er sie sieht, steckt er sein Handy in seine Hosentasche und ihre Augen begegnen sich.

Seine dunklen Augen fahren sie einmal komplett ab, doch das Gefühl ist ihr bei Nicky nicht mehr unangenehm. Im Gegenteil, es fühlt sich viel zu vertraut an, als dass es gut wäre.

»Nein, nein. Das mache ich schon. Da ist nichts mehr und das sollte endlich mal klargestellt werden.« Sophie ist weiter fest entschlossen, diesen Schlussstrich unter alles zu setzen, und als sie Luisa verabschiedet und die Treppen zu ihrem Laden hochgeht, sagt sie sich das auch immer wieder selbst auf.

174

»Hast du vor, überhaupt nicht mehr auf meine Anrufe zu reagieren?« Sophie greift neben Nicky unter einen Blumentopf, der am Eingang ihres Ladens steht und worunter sie ihren Schlüssel legt, wenn sie wie jetzt keine Tasche oder sonstiges hat, wo der Schlüssel hinein könnte.

Als sie so nah bei ihm steht, kann sie seinen würzigen Geruch sofort wieder wahrnehmen und die Wärme seines Körpers spüren. Sophie hat ihm nur leicht zugenickt und sieht ihm nun in die Augen, während sie ihren Laden aufschließt und dabei gleich einen der großen Kartons hineinschiebt, der die Eingangstür versperrt. Es stehen sechs große Kartons vor dem Laden, die zum Glück alle leicht sind.

»Wie du siehst, hatte ich nicht einmal einen Schlüssel dabei, ich war am Strand, mein Handy liegt hier.« Sie deutet zum Tresen, auf dem ihr Handy liegt. Nicky schiebt mit seinen Füßen zwei Kartons in den Laden und nimmt zwei auf seine Arme, somit muss Sophie nur noch einen holen und schließt dann die Tür, was sie sofort bereut, als Nicky die Kartons abstellt und sich zu ihr umwendet, sie hätte die Tür sperrangelweit auflassen sollen.

Nun zurückzugehen und die Tür wieder zu öffnen wäre auch etwas übertrieben, deswegen geht Sophie zu ihrer Theke und greift nach einem Stapel mit Papieren, die sie hinter die Theke legt, völlig überflüssig, doch so wirkt sie beschäftigt und ihre Hände haben etwas zu tun, während sie Nickys Blick auf sich spürt.

»Also bist du wieder zurück aus Kolumbien?«

Sie sieht nicht auf, doch sie merkt, dass Nicky näher zu ihr kommt. »Ja, seit heute Morgen. Wir haben uns um Barim gekümmert und jetzt ist hoffentlich erst einmal etwas mehr Ruhe.« Bei dem Namen Barim sieht sie auf und direkt in Nickys dunkle Augen.

Völlig gemischte Gefühle brodeln in ihrem Bauch. Wie sehr sie diesen Mann vermisst und gleichzeitig wieder die Wut, die automatisch hochkommt bei diesem Namen und dem Wissen, was passiert ist. Sie sollte gar nicht nachfragen, was es bedeutet, dass sie sich um ihn gekümmert haben.

Nicky hält Sophies Blick stand und legt einen Umschlag auf die Theke zwischen ihnen.

»Wir haben das gefunden und deswegen wollte ich auch mit dir sprechen, Sophie.«

Sophie nimmt den Umschlag und öffnet ihn. In dem Umschlag sind mehrere ausgedruckte Bilder von ihrem Körper mit Barims Hand darauf, sie kennt diese Bilder, sie haben alles zerstört, doch es gibt noch einige Bilder mehr, auf denen man genau erkennt, dass Sophie schläft. Sie hat tief und fest geschlafen, als Barim diese Fotos geschossen hat. Diese Bilder sieht sie zum ersten Mal, doch natürlich überraschen sie sie nicht.

»Ja und?« Sie steckt die Bilder zurück und sieht Nicky wieder in die Augen. Er atmet tief aus.

»Es tut mir leid, dass ich dir nicht geglaubt habe. Obwohl ich das habe … ich habe gewusst, dass das sicher nicht so war, wie Barim es gesagt hat, doch er hat es mir vor all meinen Männer gesagt und mir auch die Nachrichten gezeigt, die du ihm danach geschrieben hast, es war einfach zu viel und ich wollte mit alldem nichts mehr zu tun haben.«

Sofort brodelt Sophies Wut wieder hoch, sie trägt all das zu lange in sich, als dass sie das jetzt verhindern könnte.

»Von was für Nachrichten sprichst du, ich habe nicht einmal Barims Nummer und all das habe ich dir die ganze Zeit versucht zu sagen, nur du wolltest ja nicht mit mir sprechen.«

Nicky lässt die Bilder liegen und sieht ihr weiter in die Augen.

»Er hat uns Nachrichten gezeigt, in denen du dich für die Nacht bedankt hast und dass es das Beste war, was du ...«

Sophie schüttelt den Kopf.

»Und das glaubst du? Das hast du wirklich geglaubt, Nicky, nachdem was wir hatten? Dass ich jemandem wie Barim solche Nachrichten schreibe und mit ihm bei der erstbesten Gelegenheit ins Bett steige? Wenn du wirklich so von mir denkst, was tust du dann hier? Ist es deswegen?«

Sie nimmt die Bilder hoch.

»Ist es das, was all das dann doch ändert?«

Nicky atmet aus.

»Nein, nicht so. Ich meine, auch wenn ich es eigentlich wollte, habe ich es die ganze Zeit nicht geschafft, dich zu vergessen und meinen Stolz hinten angestellt. Ich habe dich die ganze Zeit vermisst, Sophie, das was wir hatten vermisst, und mein Bauchgefühl hat mir gesagt, dass das nicht stimmt, doch die Bilder und die Nachrichten haben sich zu tief in mir eingebrannt. Es war die ganze Zeit ein Hin und Her, doch jetzt mit dem ...«

Er deutet auf den Umschlag und Sophie nimmt ihn sauer an sich. Sie holt die Bilder heraus und zerreißt sie nach und nach.

»Wegen dem? Ist das dein Ernst, Nicky? Weißt du, wie das alles für mich war? Dein Stolz ist ja schön und gut, doch ich wache auf und der Mann, in den ich mich verliebt habe, will nichts mehr mit mir zu tun haben und ich verstehe gar nichts mehr. Ich habe nichts mehr gewusst, Nicky, und als ich zu dir gekommen bin und Barim mir gesagt hat, dass er dir nur beweisen wollte, wie Frauen wirklich sind, dachte ich nur, das kann nicht sein.«

Sie schüttelt den Kopf und wirft die ganzen Schnipsel in den Mülleimer.

»Es kann nicht sein, dass du das wirklich glaubst, so von mir denkst und das, ohne mit mir zu sprechen. Doch das wolltest du nicht und ich stand einfach nur da und habe nichts verstanden, Nicky. Gar nichts mehr. DU hast mir gesagt, dass all diese Männer wie deine Brüder sind, DU hast mich bei ihnen gelassen und ich habe dir vertraut. Ich wusste nicht, zu was Barim fahig ist oder wie mächtig ihr alle seid.«

Sophie wischt sich die Tränen weg, die nach all den Monaten einfach nicht zu verhindern sind. Nicky will über den Tresen nach ihrer Hand greifen, doch sie zieht sie schnell weg.

»Nein … du hast keine Ahnung, wie schlecht es mir ging.«

Es ist befreiend, all das mal vor Nicky sagen zu können.

»Barim muss mir irgendetwas gegeben haben. Ich konnte mich kaum auf den Beinen halten und bin zum Arzt. Erst da habe ich erfahren, dass zum Glück nichts weiter passiert ist und Barim wahrscheinlich nur diese Bilder gemacht hat. Dann bin ich direkt zur Polizei, die mir einfach nur gesagt hat, dass man gegen jemanden der Da Silvas nichts tun kann oder darf.«

Sie sieht ihm in die Augen.

»Niemand hat mir geholfen, du wolltest nicht einmal mehr mit mir sprechen und ich wusste nicht mal mehr, was passiert war. Es hat Tage gedauert, bis ich mich davon erholt habe und Wochen, bis ich das verdrängen konnte, und selbst jetzt, nach Monaten, bin ich noch nicht über dich hinweg oder dem, was passiert ist … doch falls du dachtest, du kommst jetzt hierher und diese Bilder ändern alles … vergiss es, Nicky … das ändert nichts! Gar nichts!«

Die Tür zu ihrem Laden wird geöffnet und ihre Aushilfe kommt herein. Sie hat den Flyer in der Hand von ihrer Feier am Wochenende im Pearl und sieht gar nicht zu ihnen hoch. »Zu der Feier im Pearl am Wochenende muss ich unbedingt auch hingehen.« Sie sieht hoch und zwischen Nicky und Sophie hin und her.

»Oh mein Gott, entschuldigt. Soll ich draußen …?« Sophie wendet sich um, damit sie nicht ihre Tränen sieht und geht zu den Treppen zu ihrer Wohnung.

»Nein, wir sind fertig hier. Da gibt es nichts mehr zu sagen.« Ohne sich noch einmal umzudrehen geht sie in ihre Wohnung und schließt die Tür, sie lehnt sich dagegen, und als sie kurz danach laut die Ladentür schließen hört, atmet sie tief aus. Sie wusste, dass es nicht einfach wird, dieses Thema mit Nicky ein für alle Mal abzuschließen, doch sie hat auch nicht geahnt, dass es so schwer werden würde.

Kapitel 20

»Du bist echt der Wahnsinn, das nächste Mal übernimmst du meinen Laden auch.« Luisa und Miranda vom Blumenladen sehen verzückt auf ihre Veranda und ihr Schaufenster.

Sophie hat es geschafft, Weihnachten nach Puerto Rico zu bekommen. Sie hat sogar Kunstschnee ausgelegt, ihre Terrasse und ihre Treppe sind nun mit Schnee bedeckt, zumindest an den Seiten. Sie hat ihre Terrasse mit gemütlichen Laternen und leuchtenden Schneemännern verziert, rote Schleifen angebracht und einen grünen Kranz mit bunten Kugeln angehängt.

Im Laden geht es weiter. Die Schaufenster sind mit Lichterketten verziert, überall ist es gemütlich in Weiß, Rot und Gold geschmückt, bis ins kleinste Detail. Sie hat einen wunderschönen Tannenbaum im Laden stehen, mit einer Hirschfamilie darunter. Wenn man alles draußen ausblenden würde, könnte man glauben, man wäre in die traumhafte Weihnachtslandschaft von Padanaram Village eingetaucht. Jeder der hereinkommt, bekommt heißen Kakao und Zimtsterne und ja, sie hat zurzeit so viele Kunden wie sonst nie, die im Sommerkleid in ihre kleine Weihnachtswelt eintauchen.

Auch in ihrer Wohnung hat Sophie gleich geschmückt.

Es hat gutgetan nach ihrem Streit mit Nicky und allem, was sie sich an den Kopf geworfen haben oder viel mehr, was sie ihm vorgeworfen hat, etwas zu tun zu haben. Sie hat jedes einzelne Wort so gemeint, wie sie es gesagt hat. Sie ist noch immer wütend und sie kann nicht glauben, dass Nicky denkt, diese Bilder ändern irgendetwas.

Doch er scheint es zu denken. Seit dem Tag ruft er immer wieder an und schreibt Nachrichten. Er hat ihr heute Blumen und ein Geschenk geschickt und fragt sie jeden Tag, ob sie noch einmal reden können.

Auch wenn es schwerfällt, hat Sophie es geschafft, ihn bis jetzt weiter auf Abstand zu halten. Sie möchte das nicht tun müssen, ihr Herz möchte es nicht, doch sie weiß, dass es sein muss. Nur weil für Nicky mit diesen Bildern alles geklärt zu sein scheint, ist es das nicht für sie. Nicht so, wie er reagiert hat, nicht so, wie die letzten Monate waren.

Sophie reagiert kaum auf ihn und seine Versuche, mit ihr zu sprechen, und sie ist wirklich gut darin geworden, das ganz leicht aussehen zu lassen, auch wenn es unglaublich schwer für sie ist. Sie hat die ganze Zeit nichts anderes gewollt als das: Als dass Nicky mit ihr spricht, er wieder Kontakt möchte, doch jetzt … ist es einfach zu spät. Sie hat beschlossen, damit abzuschließen, nachdem sie all das Monate nicht verarbeiten konnte und es ihr den Schlaf geraubt hat, und genau jetzt ändert er seine Meinung wegen einiger Bilder, ihm hätten ihre Worte reichen müssen.

Das alles sagt sich Sophie immer wieder, doch sie kann nicht anders, als an dem wunderschönen Blumengesteck von Nicky zu riechen. Sie kuschelt sich in die weiche Überdecke, die er ihr geschickt hat. Die Gleiche liegt über seinem Bett und hat ihr so gut gefallen, dass sie ständig darübergestrichen hat.

Sophie blickt immer wieder hinaus, ob sein Auto vorbeifährt, sieht auf ihr Handy, ob er wieder geschrieben hat und ihr Herz schlägt schneller, sobald ihr Handy klingelt und es macht sich eine richtige Enttäuschung in ihrem Bauch breit, wenn sie sieht, dass er es nicht ist. Sie sollte nicht so denken, doch ihr Herz kann nicht anders. Es fällt ihr schwer, Nicky von sich zu stoßen, doch sie versucht es wenigstens. Dabei muss sie nur daran denken, wie er sie von sich gestoßen hat.

Natürlich bekommen auch all ihre Freunde hier mit, dass Nicky wieder da ist und sich bemüht. Sie haben gemerkt, wie schwer es Sophie fällt. Luisa kennt die ganze Geschichte und hat ihr geraten, über ihren Schatten zu springen und noch einmal mit ihm zu sprechen. Wenn sie jetzt genauso ihren Stolz vor alles stellt, wie er es getan hat, kommen sie nicht weiter.

Luisa ist der Meinung, dass sie beide im Grunde einfach nur zwei Menschen sind, die hereingelegt wurden, die sich vermissen und lieben und dass es da doch einen Weg zurück geben muss. Auch Sophie ist das irgendwo in ihrem Herzen klar, doch sie weiß nicht, ob es wirklich so einfach ein Zurück gibt, nach all der Zeit und allem, was passiert ist.

»Selbst du passt perfekt in dieses Bild.« Sophie lacht und kommt die Treppen herunter, nachdem sie sich ihren zweiten Pump übergestreift hat. »Kannst du in dem Kleid tanzen? Wir haben vor, heute Abend richtig Gas zu geben. Es gibt Punsch und Cranberry-cocktails.« Sophie streicht ihr Kleid noch einmal glatt. Sie hat sich heute Abend wirklich etwas gewagt. Sie trägt ein enges, kurzes rotes Kleid, dazu passende rote Pumps und ihre Haare sind wild durchgelockt. Das ist Weihnachten. Sie selbst musste immer wieder in den Spiegel gucken, so sexy sieht das Kleid aus.

»Lasst uns ein Foto machen.« Antoni kommt gerade und seine Augen weiten sich, als er Sophie bemerkt. Zwischen ihnen ist alles wieder in Ordnung. Nachdem Sophie ihm klargemacht hat, dass sie nur Freunde sind und er mitbekommen hat, dass sie mit Nicky zusammen ist, hat er Abstand gehalten, doch nach und nach haben sie wieder begonnen, miteinander zu sprechen. Und als er gemerkt hat, wie sehr Sophie unter der Trennung von Nicky leidet, hat er immer wieder versucht sie aufzuheitern und das auch ohne Hintergedanken. Er hat sich als Freund bewiesen und Sophie ist ihm dankbar dafür.

»Wow, ihr seht ... heiß aus. Alle drei!« Sophie gibt Antoni das Handy. »Kannst du ein Bild von uns machen? Ich wette, nach den ersten zwei Cocktails sehen wir nicht mehr so aus.« Luisa, Miranda und sie stellen sich auf die Treppen vor ihrem Laden, zwischen der Weihnachtsdeko und dem Kunstschnee, sie alle drei tragen rot. Im Pearl ist heute das Thema Weihnachten und alle werden sich weihnachtlich angezogen haben. Antoni trägt einen weißen Strickpullover und eine Weihnachtsmütze, er wird den Pullover sicher nicht lange tragen können, doch sie alle sehen nach Weihnachten aus.

Sie fahren mit einem Taxi ins Pearl, das ist einfacher und so muss niemand darauf verzichten, Alkohol zu trinken. Das Pearl ist voll, die Schlangen stehen draußen bis um den Block und das gesamte Gebäude wird von Spots angestrahlt, die Weihnachtsbäume und Weihnachtsmänner auf die Wände projizieren. Sophie hat immer mehr Lust auf die Feier.

Zum Glück haben sie schon vor zwei Wochen gebucht und müssen sich nicht in der Schlange anstellen, sie gehen zu dem Securityman, der auf seine Liste guckt und sie hineinlässt. Sophie mochte das Pearl von Anfang an, doch als sie heute hereinkommen, ist alles in rot-weiß-gold getaucht, auch die Gäste tragen fast nur diese Farben, alle tanzen, singen laut mit, die Kellnerinnen tragen Weihnachtsmützen und sie drängen sich an allen vorbei nach oben.

Im VIP-Bereich haben sie mehrere Tische gemietet, sie mussten dafür alle zusammenlegen, doch fast alle Besitzer der Läden am Strand sind da und Sophie begrüßt alle. Sie bemerkt in der anderen Ecke mehrere Tische, wo ein paar Frauen und Männer sitzen, sie sehen aus wie von den Da Silvas, doch Sophie hat sofort weggesehen und seitdem nicht mehr dorthin. Sie wird auch das ignorieren.

Sophie setzt sich bewusst mit dem Rücken zu dem anderen Tisch, sie haben hier schon einige Leckereien auf dem Tisch und erst einmal bleiben alle sitzen. Sie essen und trinken und stoßen gemeinsam an. Auch wenn es heiß ist und die Männer ihre Pullover sehr schnell ausziehen, kommt doch wirklich so etwas wie Weihnachtsstimmung auf, wie bei einer Weihnachtsfeier in einem Betrieb.

Sehr lange halten sie es aber nicht aus, und als die vertrauten Klänge von All I Want For Christmas über die Lautsprecher schallen, zieht Luisa Sophie und die anderen auf die Tanzfläche. Sophie sieht nur kurz zum anderen Tisch, als sie den VIP-Bereich verlassen und in diesem Moment sitzen nur ein Mann und eine Frau dort und scheinen schwer beschäftigt zu sein, also hat sie sich umsonst Sorgen gemacht.

Tanzen ist etwas geworden, bei dem Sophie wirklich gelernt hat, ihren Kopf freizubekommen und einfach nur zu genießen. Es kommen immer mehr Weihnachtshits und sie lachen und singen laut mit und genießen diese Zeit einfach nur. Sophie muss hin und wieder darauf achten, dass ihr Kleid nicht zu hoch rutscht, doch sie genießt jede Minute.

Luisa und sie sind auch am längsten auf der Tanzfläche; als ihre Freundin zurück in den VIP-Bereich geht, sucht Sophie erst einmal die Frauentoilette auf. Sie kühlt ihren Nacken und richtet sich ein wenig das Make-up, als sie dann wieder auf den Flur tritt, schreckt sie zurück.

Sie blickt in Nickys warme Augen, er trägt ein Schmunzeln im Gesicht über ihre Reaktion und Sophie atmet tief aus. »Mach du das nicht auch noch!« Sie will an ihm vorbei, doch Nickys Hand umschlingt ihren Arm und er zieht sie sanft zu sich zurück. »Wieso nicht auch? Hat dich heute schon jemand hier abgefangen?«

Nickys Blick gleitet an ihr herunter, an ihrem Kleid und als er dann wieder in ihre Augen sieht, nickt Sophie nur leicht. Okay, bitte schön, wenn er unbedingt reden möchte, kann er sich jetzt auch alles anhören.

»Nein, Barim hat mich damals vor der Toilette abgefangen und mir erzählt, wie leid ihm alles tut. Er wollte das zwischen uns klären und dir die ganze Wahrheit sagen. Ich habe ihm nicht geglaubt, doch er hat mir versprochen, dass er alles in Ordnung bringen wird und dass er merkt, wie sehr du mich liebst und was er da angerichtet hat.«

Nicky hat sich gegen die Wand gelehnt. Sie sind einige Schritte zurückgegangen, um nicht die ganze Zeit dort zu stehen, wo sie den Eingang zur Toilette blockieren, nun stehen sie vor einigen Lagerräumen, die zugeschlossen sind.

Er sieht sie nur an, Sophie kann in diesem Moment keine Emotionen in seinem Gesicht erkennen, doch wenn er reden will, dann muss er sich jetzt auch die ganze Wahrheit anhören, all das, was sie ihm schon so lange sagen wollte.

»Obwohl ich ihn so gehasst habe und auch Angst vor ihm hatte, weil ich nicht wusste, zu was er noch fähig ist, bin ich noch einmal auf ihn reingefallen und mit ihm zu eurer Party gefahren. Was hast du denn gedacht, was ich dort tue? Hast du gedacht, ich bin wirklich mit Barim zusammen, oder was genau hat dich dazu veranlasst, so auszuflippen? Ich verstehe das nicht, Nicky, nicht wirklich. Du hast in all den Monaten nicht einmal richtig mit mir gesprochen, doch es hat dich so tief getroffen, dass du zu so etwas fähig warst. Ich habe Barim gesehen, jedes Mal nachdem du auf ihn losgegangen bist …. Ich habe gesehen, wie tief dich das alles trifft, doch wieso hast du dann nicht einmal mit mir gesprochen und wieso verlangst du, dass ich das jetzt tue?«

Nicky sieht ihr weiter in die Augen. Sie liebt diesen Mann einfach, sie kann ihre Gefühle nicht ändern, doch sie wird deswegen nicht sich selbst aufgeben. Aber auch ihm sieht man an, dass all das nicht so spurlos an ihm vorbeigeht. Er hat tiefe Schatten unter den Augen, er trägt nur eine schwarze Shorts und ein schwarzes Shirt, er hatte wahrscheinlich gar nicht vor herzukommen, seine braungebrannte Haut schimmert im gedämpften Licht und seine Augen sehen sie bittend an.

»Weil du nicht so dumm bist wie ich, Sophie. Ich habe mich viel zu viel von meiner Wut leiten lassen. All die Monate habe ich gegen meine Gefühle gekämpft. Ich liebe dich, ich habe noch niemals eine Frau so sehr an meiner Seite genossen wie dich, und als alle mir gesagt haben, ich solle mich nicht fest auf eine Frau einlassen, habe ich nur darüber gelacht.«

Er greift nach Sophies Arm, den er wieder losgelassen hat und nimmt ihre Hand in seine.

»Ich war mir so verdammt sicher bei dem zwischen uns. Ich habe es geliebt, es ist mir in dieser kurzen Zeit schon heilig geworden und als dann Barim kam, mir die Bilder und die Nachricht gezeigt hat, war ich … es war wie ein Schuss mitten in meine Brust, und ja, du hast recht, von da an konnte ich nicht klar denken.«

Sophie spürt Nickys warme Hand um ihre und allein das fühlt sich schon wieder zu gut an, doch sie konzentriert sich auf seine Worte, denn endlich hört sie all das mal aus seiner Sicht, darauf hat sie so lange warten müssen.

»Ich weiß, dass Barim ein Scheißkerl war. Das war allen bewusst, doch gegen diese Bilder und Nachrichten konnte man nichts sagen. Jetzt ist mir auch klar, dass es anders war und wahrscheinlich hat er sich selbst die Nachrichten geschickt und die Zeiten geändert, wer weiß, was er da getan hat, doch in diesem Moment habe ich einfach das geglaubt, was ich mit eigenen Augen gesehen habe.«

Er stockt einen Moment.

»Es war nicht nur Barim, alle, alle meine Freunde, alle, denen ich von dir erzählt habe, haben diese Bilder gesehen und mir gesagt, dass es doch klar war, dass Frauen eh nur hinter dem Namen Da Silva her sind und es dabei egal ist, um welchen Mann es sich handelt. Ich wollte mit dir nichts mehr zu tun haben, obwohl ich die ganze Zeit gespürt habe, dass das nicht die ganze Wahrheit ist und mein Herz mir gesagt hat, dass das nicht so war. Doch ich habe mir immer wieder gesagt, dass das einfach nur mein Herz ist, das dich nicht gehen lassen will.«

Er sieht einen Moment zu Boden und ihr dann wieder in die Augen. Sophie erkennt, wie ehrlich Nicky in diesem Moment zu ihr ist.

»Mir ist noch niemals etwas so schwergefallen, wie dich gehen zu lassen. Selbst mit diesem Wissen. Ich habe versucht, mich mit anderen Frauen abzulenken und mir immer wieder diese Bilder und Nachrichten ins Gedächtnis gerufen, nur um darüber hinwegzukommen, doch es hat nichts gebracht.

Die Nacht der Party hat gezeigt, wie sehr ich dich bereits geliebt habe und dass ich das nicht aufgeben kann, selbst nicht mit dem, was passiert ist. Da hat das alles richtig angefangen, mein Herz, gegen meinen Verstand. Ich weiß, dass du denkst, all das war einfach für mich, doch das war es nicht, Sophie. Nuno hat oft mit mir gesprochen, er hat gemerkt, wie es mir geht, doch diese Bilder und Nachrichten habe ich mir so oft ins Gedächtnis zurückgerufen, das sie jetzt nicht einfach so wieder wegzudrängen waren, auch wenn ich es mir zu dem Zeitpunkt gewünscht hätte. Ich habe dir gesagt, dass ich dich liebe und den Kontakt wieder gesucht und dass schon, bevor wir diese Bilder gefunden haben und danach hatte ich das Gefühl, als …«

Sophie spürt, wie ihr die Tränen in die Augen steigen, doch sie versucht sie zurückzuhalten.

»Ich weiß nicht, ob du das kennst, aber wenn du etwas verloren hast, was alles ist, was du wolltest und das nur wegen deinem eigenen Stolz und deiner Sturheit … Ich habe eigentlich nicht einmal das Recht, dich zu bitten, mir zu verzeihen, Sophie, das weiß ich, doch ich tue es trotzdem, weil ich weiß, dass auch du uns noch nicht vergessen hast und ich trotzdem noch die Hoffnung habe, dass wir das wieder hinbekommen. Nicht jetzt, mir ist klar, dass das Zeit braucht und ich habe auch nicht vor, dich unter Druck zu setzen, doch ich wollte, dass du das alles weißt und du weißt, dass ich alles dafür tun werde, dass wir wieder zusammenfinden.«

Statt eines sinnvollen Satzes ist sie in diesem Moment nur in der Lage zu nicken. Nicky sieht, wie nah ihr das alles geht und ehe sie noch einmal blinzeln kann, liegt sie in seinen Armen.

Nach all den Monaten ist das Gefühl, ihm wieder so nah zu sein, unbeschreiblich. Sophie schließt die Augen und atmet seinen Duft ein. Sie spürt seine Arme um sich und wie er sie an sich drückt. Seine Nase liegt an ihren Haaren und sie spürt, wie schnell sein Herz klopft.

»Es tut mir so leid, mein Herz.« Nickys Stimme ist nur ein leises Flüstern an ihrem Ohr. »Ich wünschte, ich könnte zurück zu dem Tag, als Barim mit den Bildern kam. Ich hätte ihn damals fertigmachen sollen und zu dir kommen sollen, doch das begreife ich erst jetzt, viel zu spät und ich hoffe, du kannst mir das verzeihen.«

Sophie geht ein Stück nach hinten, sodass sie ihm in die Augen sehen kann. Seine Arme umfassen sie noch immer und sie sind sich so nah und vertraut, dass ihr Herz aufgeregt in ihrer Brust schlägt.

»Ich weiß es nicht, Nicky. Ich liebe dich und ich vermisse … uns. Doch ich kann dir nicht versprechen, dass ich so tun kann, als wären all die Monate nicht gewesen.« Er nickt und beugt sich vor, um ihre Wange zu küssen. »Ich weiß, ich lasse dir alle Zeit, die du brauchst. Nuno hat mir gesagt, dass du hier bist, ich wollte dich noch einmal sehen. Eigentlich feiere ich niemals Weihnachten. Ich habe das auch noch nie gefeiert. Doch dieses Jahr … wir alle fliegen jetzt weg. Dario hat sich für dieses Jahr Weihnachten und Silvester überlegt, dass wir alle zusammen als Familia eine Insel mieten und dort die Feiertage verbringen. Auch er und seine Freundin, wir alle hatten eine schwere Zeit und brauchen eine Pause. Es wird schön, es ist ganz viel geplant und ich dachte, dass du vielleicht …«

Sophie lächelt mild. »Ich fliege nach Hause, Nicky. Aber ich wünsche euch viel Spaß. Es ist schön, dass du das erste Mal Weihnachten feierst; das Einzige, was an Weihnachten wichtig ist, ist, dass man da ist, wo das Herz hingehört.« Nicky sieht ihr in die Augen. »Ich habe mir schon gedacht, dass du bei deinen Eltern bist, aber ich wollte dich wenigstens fragen und dir das sagen, ob wir zusammen Weihnachten feiern oder nicht. Mir war es wichtig, dass wir in diese Zeit so reingehen, dass wir alles wissen und neu starten können, langsam, aber zumindest, dass wir wieder Kontakt haben.«

Sophie nickt, Nicky beugt sich vor und gibt ihr einen langen Kuss auf die Stirn. »Pass auf dich auf, Sophie, ich melde mich bei dir.« Er lässt sie los und Sophie verschränkt sofort die Arme vor der Brust bei der Kälte, die sie automatisch umgibt. »Pass du auch auf dich auf.« Nicky lächelt und wendet sich zum Gehen um. Als er schon fast um die Ecke ist, ruft Sophie ihn noch einmal.

»Frohe Weihnachten, Nicky.«

Er sieht ihr in die Augen und sie erkennt die Enttäuschung und noch immer die Wut auf sich selbst, doch sie kann das nicht ändern.

»Frohe Weihnachten, Sophie.«

Kapitel 21

»Ich werde zurück nach Puerto Rico rollen.« Sophie spült die leckeren selbstgebackenen Brötchen ihrer Mutter mit Kaffee herunter und geht in den Flur.

Heute ist der zweite Weihnachtstag. Die letzten zwei Tage haben sie nicht viel getan, außer Geschenke auszupacken, Besuch bekommen, zu essen und das Ganze wieder von vorn. Sie hat diese Ruhe und ihre Familie dringend gebraucht, doch während ihre Eltern gleich den nächsten Besuch erwarten und ihre Mutter schon den nächsten Braten vorbereitet, muss Sophie sich unbedingt bewegen gehen.

Sie hat nur ihren roten Hausanzug mit den weißen Schneeflocken an, deswegen zieht sie ihren dicken langen Winterparka über, bindet sich ihren weichen Schal um und setzt sich ihre Strickmütze auf den Kopf. Sie hat sich die letzten Tage jeden Tag fein zurechtgemacht, auch wenn sie nur zuhause geblieben sind, doch die Besuche und die Feiertage haben sie sich trotzdem etwas schicker machen lassen und heute ist sie richtig froh, ungeschminkt das Haus verlassen zu können, nachdem sie sich ihre Winterboots angezogen hat.

Sobald sie den Raum verlässt, umgibt sie die Kälte des Winters.

Sophie schließt die Augen, so muss sich Weihnachten anfühlen. Kleine Schneeflocken legen sich auf ihr Gesicht und der Schnee unter ihren Boots knirscht, sobald sie ihre Veranda verlässt. Sie hat das vermisst, trotz all der Deko und all dem anderen kann man in Puerto Rico nicht solch ein Weihnachten feiern, wie sie es gewohnt ist.

Die Straßen, die Felder, der Wald, die Berge, alles ist unter einer dicken Schneedecke versteckt. Jedes Haus ist hier schon geschmückt und überall stehen die Familienautos in der Einfahrt, weil gerade jeder nach Hause zurückgekehrt ist. Gestern hatte

Sophie auch Besuch von zwei Freundinnen und es tat so gut, mal über alte Geschichten zu lachen und sich nicht mit ihren aktuellen Problemen auseinandersetzen zu müssen.

Bei dem Gedanken zieht sie ihr Handy aus ihrer Parkajacke und schaut drauf. Gestern Morgen hat Nicky ihr das letzte Mal geschrieben. Seit sie sich noch einmal im Pearl ausgesprochen haben, hatten sie täglich Kontakt. Sie haben die Tage miteinander geschrieben und mindestens einmal am Tag miteinander gesprochen. Es war schön, vielleicht ist das gar kein schlechter Weg. So finden sie langsam wieder zusammen und können sich vieles sagen, was sie so von Angesicht zu Angesicht vielleicht eher vermieden hätten.

Sie haben über die Zeit der Trennung gesprochen und so langsam versteht Sophie auch, dass auch wenn Nicky sie von sich gestoßen hat, er sie nicht komplett aufgegeben hat, er hat es nicht geschafft, genauso wenig wie sie. Sie müsste lügen, wenn sie sagen würde, sie hat keine Hoffnung mehr für sie. Sie liebt ihn und er tut es genauso, sicherlich ist das die wichtigste Basis für alles weitere, doch Sophie weiß nicht, ob sie es schaffen werden, all das, was passiert ist, so weit von sich zu schieben, dass sie sich noch einmal so verliebt und frei in die Augen sehen können wie vorher, vor all dem Wahnsinn, der passiert ist.

Doch seit gestern früh hat er sich nicht mehr gemeldet. Er ist mit der ganzen Familia auf einer Insel, die nur für sie gemietet wurde. Es ist traumhaft, er hat Sophie viele Bilder gezeigt. Sie feiern Weihnachten, wenn auch komplett anders als sie hier, doch es sieht trotzdem sehr familiär und gemütlich aus. Nicky bittet sie, nach den Feiertagen zu ihm zu fliegen und Sophie denkt ernsthaft darüber nach.

Sie hat nur einige Tage zwischen Weihnachten und Silvester ihren Laden geöffnet und diese übernehmen ihre Aushilfen. Sie könnte auf die Insel fliegen und versuchen, das mit Nicky wieder hinzubekommen. Sich Zeit dafür nehmen, um herauszufinden, ob das zwischen ihnen noch eine Chance hat oder nicht.

Sophie würde es gerne. Ihre Haltung, unter alldem einen Schlussstrich zu ziehen, hat sie mittlerweile aufgegeben. Sie liebt Nicky, sie wollte diese Beziehung von Anfang an und auch jetzt noch. Ja, er hat sich falsch verhalten, doch sie weiß auch nicht, ob sie an seiner Stelle anders hätte handeln können und sie spürt, dass es ihm wirklich leidtut und er diese zweite Chance genauso sehr möchte wie sie.

Sophie läuft zum Stadtkern, es ist friedlich und ruhig und sie hat Zeit, sich ihre Gedanken zu machen.

Die Geschäfte sind geschlossen und man trifft kaum jemanden auf der Straße, hin und wieder fährt ein Auto vorbei und eines hält dann neben ihr. »Sophie, bist du wieder im Lande? Mein Vater hat gesagt, dass du in der Werkstatt warst und nach mir gefragt hast.« Raymond hält neben ihr und hat seine Autoscheibe heruntergekurbelt. Fast hätte Sophie ihn nicht wiedererkannt, sie hat ihn eine Weile nicht gesehen, doch sie hat die letzten Monate immer wieder an ihn gedacht.

»Hey, ja. Ich wollte dir nur sagen, die Sache damals mit Melania, ich denke, wir hätten dir damals alle mehr glauben sollen.« Raymond zieht die Augenbrauen zusammen. »Melania? Das ist doch schon ewig her.« Sophie lächelt. »Ja, das ist es, doch ich musste in den letzten Wochen oft daran denken und habe gemerkt, dass wir alle uns sehr schnell ein Urteil gebildet haben, ohne dir einmal wirklich zuzuhören. Das wollte ich dir nur sagen. Ich denke, wir hätten dir damals mehr zuhören sollen.« Raymond nickt.

Auf seinem Beifahrersitz liegen Geschenke, wahrscheinlich ist er unterwegs zu jemandem. »Das … danke, auch wenn es schon lange her ist.« Sophie hebt die Hand und er fährt weiter, wahrscheinlich hält er sie für verrückt, doch sie fand es wichtig, ihm das zu sagen.

Sophie läuft zum Friedhof.

Sie war schon dort, zusammen mit ihren Eltern am Heiligen Abend. Sie fragt sich, was Shay ihr wegen Nicky geraten hätte, sie hat immer viel Wert auf die Meinung ihrer Schwester gelegt. Wahrscheinlich hätte sie ihn sehr gemocht und Sophie geraten, auf ihr Herz zu hören. Shay war immer mehr die Träumerin und hat auf ihr Bauchgefühl gehört.

Das Grab ihrer Schwester ist in eine dicke Schneedecke gehüllt. Sie vermisst sie, jeden Tag, doch in festlichen Zeiten wie diesen besonders stark. Sie haben sich an jedem Weihnachtsfest zusammen auf die Couch gelegt, Weihnachtsfilme geschaut und heiße Schokolade mit Marshmallows getrunken, bis sie Bauchschmerzen hatten.

Sophie atmet leise aus, als diese Erinnerungen sie einholen.

»Frohe Weihnachten.«

Eine raue Stimme lässt Sophie zusammenschrecken und sich schreckhaft umdrehen. Nicky steht hinter ihr. Sie blinzelt zweimal, bevor sie ungläubig die Arme hebt.

Er ist wirklich da. In eine dicke Daunenjacke gepackt, mit Mütze auf dem Kopf und dem schönsten Lächeln der Welt strahlt er sie an, nachdem er sich bekreuzigt hat und zu Shays Grab gesehen hat.

»Was tust du hier?« Sophie kann es nicht fassen. Sie geht zu ihm und umarmt ihn. Auch wenn sie viel geklärt haben, sind sie noch nicht wieder zusammen, doch in diesem Moment ist sie so überrascht und glücklich, dass sie das nicht verbergen kann.

Nicky drückt sie an sich und küsst ihre Wange. »Als wir Weihnachten gefeiert haben, hat Eleonora, die Freundin von Dario, davon gesprochen, dass wenn man neues Glück erschaffen will, man neue Traditionen ins Leben rufen soll und wie du gesagt hast: An Weihnachten sollte man da sein, wo das Herz ist und da du mein Herz bist, bin ich hergekommen. Ich habe vor, für uns beide neue Traditionen zu schaffen, als Anfang von allem anderen. Ich weiß, dass du dir noch unsicher bist, doch das hier ist alles, was ich will, Sophie.«

Sophie sieht ihn an, sie ist noch völlig überrascht. »Was hast du vor und wie ... ich bin völlig ...« Nicky deutet zu seinem Mietwagen, der vor dem Friedhof steht. »Ich war gerade bei deinen Eltern. Sie wissen, dass ich dich entführe.« Nicky lässt sie los und nimmt ihre Hand in seine. »Ich habe die ganze Zeit vor dem Flug geplant und organisiert und habe versucht herauszufinden, was man hier in deiner Stadt alles Romantisches machen kann. Ich hoffe, das funktioniert auch so, wie ich es mir gedacht habe.«

Sophie hat diese spontane Art von Nicky sehr vermisst und lässt sich von ihm zu seinem Mietwagen bringen. Sie spürt, dass er nervös ist und sie kann noch immer nicht fassen, was er da tut. Er ist hier, er ist gekommen, um alles wieder in Ordnung zu bringen, und ihr Herz, was fröhlich in ihrer Brust schlägt, zeigt ihr, wie gut seine Entscheidung war.

»Was hast du vor?« Sobald sie im Auto sitzen, wendet sich Sophie zu ihm um. »Ich möchte neue Traditionen für uns erschaffen, die wir dann hoffentlich jedes Jahr wiederholen. Weißt du, ich hatte all das nie ... Weihnachten, Silvester, es waren für mich immer Tage wie alle anderen auch, vielleicht gab es eine heiße Party, mehr aber auch nicht. Doch jetzt mit dir wird das anders. Ich habe jetzt schon gespürt, dass ich diese Zeit viel lieber mit dir verbringen würde, obwohl ich meine Familia um mich herum hatte.«

Er sieht zu ihr und dann wieder auf die Straße.

»Ich möchte, dass wir wieder zusammenfinden, das ist das Wichtigste und dass wir dann jedes Jahr zu dieser Zeit das Gleiche tun: Deine Eltern besuchen, unsere eigene Tradition haben und dann mit meiner Familia ins neue Jahr starten, und ich hoffe, du lässt es zu, dass wir heute mit dieser Tradition beginnen.«

Sie fahren aus der Stadt heraus und die Hügel hoch. Sophie sieht, dass der Kofferraum vollgepackt ist und fragt sich, was Nicky vorhat. Es ist zu niedlich, wenn man Nicky, der so mächtig und stark ist, so groß und ungebändigt wirkt und man sich dann ansieht, was für süße und aufmerksame Sachen er sich immer einfallen lässt und wie viele Gedanken er sich darum macht, sie wieder für sich zu gewinnen.

»Ich bin sehr gespannt, was du vorhast. Wie sieht unsere Tradition denn ab jetzt aus, nachdem wir meine Eltern besucht haben?«

Auch sie ist aufgeregt und möchte versuchen, etwas die Anspannung aus allem zu nehmen. Nicky deutet auf den zugeschneiten Abhang. Hier sind vor einigen Jahren schöne Blockhütten für Touristen entstanden. Richtige Luxushütten. Sophie hat die Bauarbeiten dazu damals mitbekommen, doch sie selbst noch nie gesehen. Jetzt hält Nicky vor einer dieser Hütten und Sophie steigt aus dem Auto.

Es ist traumhaft.

Sie stehen vor einem eingeschneiten Holzhaus, ein geschmückter Tannenbaum steht davor, man erkennt im Haus einen Kamin brennen und alles hier wirkt einfach nur kuschelig und romantisch. Nicky kommt hinter sie und legt die Arme um sie.

»Ich habe alles dabei, was wir für die nächsten zwei Tage brauchen, sogar einen Schlitten, weil dort gestanden hat, man soll das hier tun wegen der Romantik und so. Ich bin kein Fan vom Schnee, aber wir können all das tun…«

Sophie muss lachen und deutet auf den Garten, wo auf einmal zwei Rentiere stehen und zu ihnen sehen. »Sind das Rentiere?« Sie wendet sich zu ihm um, seine Arme umfassen sie weiter.

»Nur das Beste für dich. Wie sieht es aus, mein Herz? Gibst du uns die Chance, noch einmal zusammenzufinden und all das hinter uns zu lassen? Lass uns zwei Tage eine Auszeit nehmen und all das verarbeiten und wieder zusammenfinden. Es tut mir leid … alles, was passiert ist, doch ich werde das wieder gutmachen und dafür sorgen, dass sich nie wieder etwas zwischen uns stellt. Das schwöre ich dir. Ich hoffe, du kannst mir vertrauen und gibst uns die Chance und wir schaffen unsere eigenen neuen Traditionen und …«

Sophie unterbricht ihn mit einem Kuss. Sie kann nicht anders. Natürlich lässt sie all das zu. Das hätte sie auch so getan. Ihr Herz kann gar nicht anders.

Sie verschließt seine Lippen mit ihren und ihre Arme legen sich um seine Schultern. Sie haben sich viel zu lange nicht mehr so gespürt. Sophie treten Tränen in die Augen, als sie ihm endlich wieder so nah ist.

Sie wollte ihn nur kurz küssen, doch sie haben sich viel zu sehr vermisst, um den Kuss zu lösen.

»Ich liebe dich.«

Sophie flüstert die Worte nur an seine Lippen, bevor sie den Kuss vertiefen. Nickys Hand fährt an ihre Wange, er streicht ihr eine Träne weg und küsst sie erneut. Er zeigt ihr deutlich in diesem Kuss, wie sehr er sie vermisst hat, es sind so tiefe Gefühle in diesem einen Kuss, dass Sophie an Nicky Halt suchen muss. Das zwischen ihnen ist etwas ganz Besonderes, spätestens jetzt wird ihnen beiden das klar.

Als sie den Kuss beenden, legt er seine Stirn an ihre und seine Stimme ist rauer als sonst.

»Ich liebe dich auch und ich schwöre dir, dass nichts und niemand sich noch einmal zwischen uns stellen wird. Ich bin jetzt genau da, wo ich sein sollte, da wo mein Herz ist und endlich fühlt sich alles wieder richtig an.«

Sophie lächelt und küsst seine Nase.

»Dann lass uns neue Traditionen beginnen und zusammen alles andere hinter uns lassen ...«

Lesen Sie außerdem zu der Da Silva - Reihe ...

Leseprobe zu
Kleiner Sonnenschein

»Danke.«

Diego setzt sich neben Jemina auf den Rasen des kleinen Hügels ihres Grundstückes. Durch den Hügel wird man nicht sofort von allen gesehen und wenn Jemina zu Besuch ist, verbringen sie viel Zeit hier zusammen.

»Hmm, kein Problem.« Jemina wendet ihren Kopf zu ihm und sieht ihn aus ihren schönen großen, grünen Mandelaugen an. Alle bewundern immer ihre schönen Augen. Diegos Herz beginnt schneller zu schlagen, wenn Jemina ihn daraus ansieht. Er hat gestern ihre Sommersprossen auf der kleinen Nase gezählt, es sind zwölf. Auch wenn Jemina sie nicht mag, findet Diego sie genauso schön wie alles andere an ihr.

»Was ist los?« Diego lehnt sich zurück und sieht in den Himmel. »Dario und meine Cousins haben mich gerade gesehen. Sie sagen, ich soll nicht immer alles für dich tun, wie zum Beispiel extra dein Lieblingseis kaufen gehen. Sie sagen, dass die Mädchen so etwas für die Jungs tun sollen.«

Jemina verdreht die Augen. »Dein Bruder hat keine Ahnung von Mädchen, ich wette, er hat noch niemals ein Mädchen geküsst.« Diego lacht auf. »Ich denke nicht, keine Ahnung, du kennst doch Dario.« Jemina öffnet die Eispackung und schaufelt mit einem Löffel, den er ihr auch gleich mitgebracht hat, das Eis aus. Sie schließt genüsslich die Augen, dann öffnet sie sie wieder und sieht Diego an.

Er mag Jemina, jedes Mal, wenn sie mit ihrem Vater zu Besuch ist oder sie bei ihr sind, verbringen sie die Tage zusammen. Jeder hier weiß, dass er Jemina mag und sein Bruder und seine Cousins ziehen ihn deswegen immer auf. Diego ist dreizehn geworden, seine Mutter und ihre Väter belächeln das alles immer nur, doch er mag Jemina wirklich, mehr als die anderen Mädchen und das sagt er ihr auch immer. Doch sie beide wissen, dass sie sich nur ein- oder zweimal im Jahr sehen und sie daran nichts ändern können, zumindest noch nicht.

»Weißt du was?« Jemina steht auf und setzt sich zwischen seine Beine. Sie trägt einen lila Rock und ein weißes T-Shirt und ihre langen blonden Haare fallen ihr immer wieder ins Gesicht. Als sie jetzt mit ihrem Gesicht näherkommt, streicht Diego ihr eine Strähne hinter das Ohr.

Jemina kommt noch näher. Sie schließt die Augen und erst da versteht Diego, was sie vorhat. Sein Herz schlägt schneller, als sie ihre Lippen auf seine legt. Diego schließt auch die Augen. Er liebt Jeminas Geruch, nun ihre Lippen auf seinen zu spüren, fühlt sich schön an. Er küsst sie zaghaft immer wieder, es ist das erste Mal, dass er ein Mädchen küsst. Sie schmeckt nach Vanilleeis, und als Jemina enger zu ihm rückt und sie immer wieder ihre Lippen vereinen, wagt sich Diego weiter vor. Er hat das in Filmen schon oft gesehen und öffnet seinen Mund. Vorsichtig versucht er den Kuss zu vertiefen, als Jemina sich genauso zaghaft öffnet und sie sich intensiver spüren, beginnt es immer stärker in Diegos Bauch zu kribbeln.

»Jemina!« Die laute Stimme von Raphael, Jeminas Vater, lässt sie auseinanderfahren.

Sie sehen sich in die Augen und Jemina lächelt.

»Das war mein und dein erster Kuss, das werden wir unser Leben lang nicht vergessen.«

Ihre schönen Augen strahlen, ihr scheint es genauso gut gefallen zu haben wie ihm.

»Jemina!«

Sie stehen schnell auf und gehen zusammen in den Garten zurück, wo ihre beiden Väter warten. Raphael lächelt, während sein Vater ihn mahnend ansieht. Er hat ihm gesagt, dass sie langsam älter werden und aufpassen sollen, was sie tun.

»Ihr beiden. Also wenn du so viel Zeit mit meiner Tochter verbringst, Diego, musst du mir auch das Versprechen geben, immer auf Jemina aufzupassen und wie deinen größten Schatz zu behandeln. Wenn ich es mal nicht kann, dann musst du ihr Beschützer sein, versprichst du das?«

Diego sieht noch einmal in Jeminas hübsches Gesicht, die sich an ihren Vater kuschelt, der ihr einen Kuss auf den Scheitel gibt. Er wird immer für sie da sein.

»Ich verspreche es!«

April 2020

Entdecken Sie die atemberaubende Welt von Jaliah J. …

JALIAH J.

BITTER
Süßer
HERZSCHLAG

Zwei Leben, die unterschiedlicher nicht sein könnten und doch miteinander verknüpft sind.

Folgt Hailey und Selena auf ihrem aufregenden Weg in einen neuen Lebensabschnitt und lauscht dem bittersüßen Herzschlag des Lebens.